医療者のことばの持つ力

あなたのことばは、
病人を患者にも〝ひと〟にもできる

田中順也
TANAKA JUNYA

幻冬舎MC

医療者のことばの持つ力

～あなたのことばは、病人を患者にも〝ひと〟にもできる～

まえがき

「僕は一体、誰のどんなことばに支えられて今があるのだろうか」と、病室から見える空を見ながら考えていた。腎臓移植の手術を受けた傷の痛みを我慢しながら体を起こすと、少し頭がふわふわふわし、鉛のような体の重さを感じた。ゆっくりと点滴台を押し、首や手、お腹に入っているさまざまな管に注意を払いながら、窓まで数歩の距離をゆっくり歩いてみた。窓から見える空は、ベッドから見るよりも一段と青くそして近くに感じた。視線を下に向けると、5月の花だろうか、白色と黄色の花が咲き始めている中庭が目に入った。そこでは、年配のご夫婦らしき人が話をしながら杖をついて歩き、その向かいでは若い夫婦がベビーカーを押しながら時折子どもの顔を覗き込み、微笑んでいた。そこには、病院とは思えぬほど、ほのぼのとした温かい日常が広がっていた。その景色が日常なのか、それとも非日常なのかわからなかった。ただ、私はこの中庭に以前はこんなにたくさんの花が植えられ、きれいに整地されていなかったことを思い出していた。

私は今から35年前、10歳の時にこの中庭を5階の小児科病棟の病室から毎日のように見ていた。あの頃の中庭は、10歳の私には小さな森に思えた。「きっとカブトムシやクワガタ、カナブンがいるだろうな」と思っていたが、病棟から出ることができなかったため、カブトムシを虫かごいっぱいに捕まえている自分を想像しながら楽しんでいた。私は生まれつき腎臓が弱く、精密検査の目的で、同じく腎臓が弱かった兄と一緒に1週間の予定で、和歌山の実家から遠く離れたこの病院に入院した。しかし、精密検査の結果が悪く治療が必要と言われ、約3ヶ月間入院した。あの頃の自分の気持ちをはっきりと思い起こすことは難しい。ただ、今でも覚えているのは、早く外の空気を目一杯吸ってみたい、風の冷たさや気温の変化を肌で感じたいと心底思っていたということだ。そして、「退院すれば、自由になれる、何でもできる、もう我慢しなくていいんだ。だって、3ヶ月も入院して痛い血の検査も何度も受けたし、手術も検査も治療も頑張ったのだから」と信じていた。しかし、結局15歳で透析治療を開始することになった。

透析治療は実施しても、決して腎臓がよくなったり治ることはない。腎臓移植を受けない限り、ずっと続けなければいけない治療法である。私は、10歳の時から腎臓悪化を予防し進展を遅らせるために、食事療法や薬物療法を行ってきた。また、透析治療を受けながら、高校や看護学校、一人暮らし、就職、結婚などさまざまなライフイベントを経験してきた。その間、病気や治療が原因で、何度も悔しさややるせなさを感じ心が折れそうな日があった。でもその都度、誰かの「ことば」に支えられてきたように思うし、むしろラッキーな人生だと思う。

私は現在、看護師の中でも日本看護協会が認定している慢性疾患看護専門看護師という資格を取得し、慢性疾患（治ることが難しい病気を持っている人）を持っておられる方やそのご家族とお話をさせて頂く機会が多くある。患者さんの中には、治らない病気と付き合っていくことへの辛さや苦悩、絶望感を話される方もいる。その時、看護師としてはその苦悩を少しでも軽減するように努めている。ただその一方で、一患者としては、病気があることは辛いし苦しいけれど、決して不幸じゃないんだと感じてほしいと願っている。

病気を患っているだけでは「病人」、治療を受ける中で医療・看護を受け、さらに医療者との関係が生まれて初めて「患者」になるといわれている。私は看護師として働く中で、病気を自らの全てであると考え、自分をマイナスに捉えすぎて人生を楽しむことを諦めている患者さんを見てきた。一方で、病気があることは自分のごく一部であり、その中でも人生を楽しもうと今までの趣味を続けたり、新たな楽しみを見つけチャレンジしている患者さんとも出会ってきた。また私自身を振り返ると、病気があることをマイナスに考え落ち込むこともあれば、病気を頭の片隅に置きつつも学生生活や仕事を楽しんでいる自分がいた。それは医療者との関わり、医療者の「ことば」が大きな影響を与えているからであった。私は医療者と患者の両方の立場を経験することで、病人とは医療者の関わりひとつで、ことばひとつで、患者にも〝ひと〟にもなるのではないかと考えるようになった。

この本を同じ慢性腎臓病を持っておられる人やそのご家族だけでなく、医療関係者の方に読んで頂きたい。病気を持ちながら生きることは不都合や煩わしさはあるが、決して不幸ではないと信じている。でも、前向きになったり、一歩踏み出そうと思えるのは、自分一人では難しく、医療者のことばが背中を押してくれることが多い。「そんなことばに、出会っていない」「特別な声なんかかけていない」と思われる患者さんや医療者がおられると思う。ただ、それはあなたがまだ気づいていないか、まだ出会っていないだけではないだろうか。

私たちの世界は、多くのことばで彩られている。私の体験が、出会ったことばが、ほんの少しだけみなさんの心に何らかの形で響けばうれしい。

目次

足音を立てずやってきた病い

高速に乗ると、山並みが初夏を思わせるように青々としていた。窓を少し開けると、初夏のさわやかな風が車内に入ってきた。高速を降り一般道を走らせていると、見覚えのないお店や建物が並んでいた。〝前にこんな建物あったかな〟と心の中で考えるが、そもそも、前回はいつ帰ったのかすら思い出せずにいた。

ニュースで新型コロナウイルスの第5波がようやく下火になってきたという速報が流れていた。私の職場でも、コロナ感染者用病棟を設置していたが、感染者数の減少に伴い、一部、一般病床に切り替えていた。このタイミングを逃すと実家に帰ることができないと考え車を走らせた。一般道を少し走ると実家まで車1台がやっと通ることができる細い道が続いており、ゆっくり車を走らせた。幼少期に遊んだ田んぼは埋め立てられ、住宅地に変わっているのが目に入った。母と一緒に夕飯の買い物に行ったお店も、シャッターが下りていた。兄たちと一緒に基地を作った川べりもコンクリートで舗装されており、虫取り網を持って簡単に入れる場所ではなくなっていた。幼少期の記憶との風景を重ね合わせながら、時間の流れを感じていた。

実家近くのお寺の駐車場に車を駐め、実家まで数十メートルの道を妻と歩いた。このお寺は夏休みにラジオ体操や蝉取りをした遊び場所であった。実家の駐車場には、兄の車と、兄が実家の農業を手伝うために購入したと言っていた青色の軽トラが駐まっていた。ただその代わりに、父がいつも乗っていた乗用車と軽トラは姿を消していた。

勝手口の扉を開けて、

「ただいま」

と言って入っていくと、いつもの作業着を着た母が出迎えてくれた。黒髪であった母の髪の毛は、白髪が目立つようになっており、顔は初夏だというのにもう真っ黒く日焼けをしていた。妻が手土産を母に手渡し、何やら話をしている間に、僕はリビングに行った。そこでは、父が椅子に座っていた。

「おう、帰ったか。久しぶりやな」

と片手を上げて僕の方を見て言った。声は元気であるが、体はずいぶん小さくなっており、足も細くなった姿が目に入った。〝痩せたなあ〟と思っていると、

「順也、久しぶり」

と言って、兄が2階から下りてきた。兄は相変わらず元気そうであった。

妻とお墓参りをしてから家に戻ると、お昼ご飯が食卓に並んでいた。母が、

「ごちそうじゃないけど、どうぞ」

と妻に言うと、父も兄も台所に集まり、食卓をみんなで囲んだ。テーブルには揚げ物やポテトサラダ、大根と人参の煮物、それにきゅうりの酢の物が並んでいた。僕は酢の物に箸を伸ばし、口に運んだ。母の酢の物は甘めの味付けであり、思わず、

「いつもの味やなあ」

と独り言のように言った。口の中に懐かしい母の味を感じながら、父と母、兄がい

つものようにお昼ご飯を食べている様子を見渡しながら、〝実家に帰ってきたんだ〟としみじみ感じていた。

僕は、専業農家の次男として生まれた。産まれた時は未熟児であり、保育器に入っていたらしい。退院してからも、お乳を飲んでは吐き出してしまい、なかなか大きくならずに、両親を心配させたという。僕の2つ上の兄は、僕が産まれてしばらくしてから、病院の検査で尿たんぱくが出ていることがわかった。

僕が産まれたのは小さな病院で、今みたいなスクリーニング検査などは行われなかった。ただ、僕の母は医療者ではないが、僕が産まれてしばらくして〝ひょっとしたら、下の子も……〟と感じ、近所の薬局に行き検査薬を購入し、僕のおしっこを調べたらしい。すると、尿たんぱくの部分に縦線が1本入った。母は次の日、近くの小児科に行き相談した。すると、その小児科の先生は、

「お母さん、心配ありませんよ。こういうこと（尿たんぱくが出ること）は子どもの時期にはよくありますからね、大丈夫です」

と言った。〝大きな病気じゃないんだ〟と母は安心したと言っていた。ただ、経過観察のために通院だけはしていたが、お薬を飲んだり、食事療法はしなくてよかった。

幼い頃の僕は、両親や兄のあとをついて回り、畑や田んぼでよく遊んでいた。スーパーの袋にカエルを50匹捕まえ家に持ち帰って母に怒られたり、鼻水を服の袖でしょっちゅう拭っていたので、袖はいつもテカテカに光っていた。食べ物は好き嫌いが多く、お肉やブロッコリーが嫌いだった。お肉を嫌いになった経緯はよく覚えていない。ただ、家の近くに養豚場があり、父によく連れられて行った記憶がある。時々、子豚にも触らせてもらった。ある日を境にその子豚がいなくなり、父に聞いても知らないと言われた。すると、子豚がいないことを不思議に思っていた僕に、一緒に住んでいた祖母が

「食べられたんと違うか」

と悪気もなく言った。衝撃的だった。

〝子豚を食べるって？　どういうこと？　ええー！〟

その後、母とスーパーに買い物に行った時、僕は精肉コーナーに並んでいる赤身のお肉をジーっと見ながら吐いたらしい。それ以降、お肉が食べられなくなった。〝おばあちゃん、悪気がないからといって、あのことばは子どもには刺激的すぎるよ〟と今でも思う。

僕は幼稚園で出される給食のお弁当も食べることができなかった。蓋を開けた時の匂いが苦手であった。幼稚園の先生と母が何度も話し合い、僕だけお弁当を持たせてもらった。お弁当は、手のひらくらいの大きさで、俵型の小さなおにぎりが2個と卵焼きが一切れ、ほうれん草の和え物がほんの少し入っていた。当時の僕は、そのお弁当で十分であった。

あと苦手なのは、風が吹いて電線がビュービューと音を立てることであった。幼稚園でその音を聞くと大声で泣きだし、母親に迎えに来てほしいと幼稚園の先生にお願いしては困らせていた。

45歳になった今では電線が揺れる音も平気になり、牛肉や鶏肉も食べることができるようになった。しかし、豚肉だけは今でも食べることができないでいる。

月1回の通院と3人の秘密

家に、僕の体よりも大きいランドセルが届いた。2つ上の兄のものに比べると、黒くピカピカに光っており、〝お下がりじゃなくて、自分だけのものだ〟とうれしくなり、何度も開けては閉めてを繰り返していた。

僕が通う小学校は、幼稚園の隣にあった。自宅から徒歩15分の距離であったが、通学の途中から急勾配の坂道になっていた。大人になった今では徒歩で10分くらいだが、当時は背中よりも大きなランドセルに背負わされている状態だったので、20分くらいかかっていたと思う。近所の友達を誘い、一緒に学校に行くのが日課であった。僕が通う小学校は、幼稚園からそのまま上がる友達ばかりであったため、みんな顔見知りであった。しかし、周りは上級生ばかりであったため、教室の入り口までは緊張の毎日だった。

小学生になった僕には心配なことがひとつあった。それは、給食だ。僕は好き嫌いが激しかったので、給食を食べることができるか心配だった。案の定、僕は給食のことで担任の先生を何度も困らせた。今では無理強いをしているなど教育上の問題があるかもしれないが、当時は給食を全部食べないと「ご馳走さま」ができなかった。そのため、掃除の時間や5時間目になっても、僕の机の上には給食が残ったままであった。多い時は週3回、5時間目の授業が始まっても、僕は給食とにらめっこが続き、担任の先生と僕との根競べでもあった。最初、先生は、

「全部食べなさい」

と言っていたが、あまりにも僕が食べないので、

「半分でいいから食べなさい」

と譲歩してくれた。でも、先生のやさしいことばとは裏腹に僕の気持ちの中では、〝先生、早く『もう田中君、残していいよ』って言ってよ。一生のお願いだから〟と、1

週間で何度も「一生のお願い」を繰り返していた。

小学校では尿検査が定期的に行われていた。僕はその検査で、毎回尿たんぱくを指摘されていた。月一度の通院には、父が車で送ってくれる時もあったが、多くが母と兄と僕と3人で野上電鉄（現在は廃線になっているが）という、床が木造でできている、フォルムが赤色とクリーム色の2色のチンチン電車を利用していた。

今の病院はすごくきれいで、明るい。私が働いている病院も明るくてきれいで、清潔感がある。特に小児科などは子どもが怖がらないように、カラフルなペイントをしたり、子どもが好きなアニメの漫画も置かれている。ただ、当時僕が通っていた病院の小児科は、今の病院とは真逆であった。照明も薄暗く、ソファの座面は所々はがれ、中のクッション（綿）が見えている古いものだった。おまけに、診察室に入ると消毒液の匂いがしていた。通院ごとに、血液検査のために血を採られるが、1回では終わらずに2回3回と針を刺されることが多かった。普通、子どもにとってこのような病院は怖くて嫌なものである。僕も最初は、行きたくない気持ちが大きかったが、途中から病院に行くことが楽しみになっていった。

当時僕の家は曾祖母、祖父母と一緒に住む4世代7人家族だった。僕が幼稚園児であった時に、親類の家で、生まれて初めてサイダーを口にした。口に含んだ瞬間、ほっぺの裏側が痛いと思い、思わず吹き出してしまったが、喉元が炭酸でシュワシュワした感じに衝撃を受けた。〝何これ。こんなもの、世の中にあるんや〟と思い、大好きになった。しかし祖母が、

「サイダーとかコーラみたいなもん飲んだら骨が溶けるから、飲んだらアカンで」

と言って、家では飲ませてくれなかった。母親も祖母の手前、買ってくれなかった。しかし通院日、診察後の会計を待っている時や、駅で電車を待っている時に、母親が自動販売機で、サイダーを1本だけ買ってくれた。買ってくれたあとにいつも母は、

「おばあちゃんに黙っとくんやで」

と唇に人差し指を立てるジェスチャーをした。僕は、買ってもらった1本のサイダーを、兄と半分ずつ飲んだ。痛い注射を我慢して飲むサイダーの味は格別で、親類の家で飲んだ味よりもおいしく感じた。生まれて初めて、母と兄と僕の3人の秘密ができた。子どもの僕にとってはいけないことをしているという罪悪感と共に、秘密を共有

したというワクワク感が入り交じった思いであった。家に帰ってから、〝サイダーのことは、お父さんにも言ったらアカンのかな〞と悩んだが、父にも言わなかった。だって、母親に悪い気がしたから。

そのため、僕にとって病院に行くことは、大好きな炭酸飲料が飲めることと、3人で秘密を共有できる時間であり、楽しみになっていった。ただ6歳の僕にとって、なぜ自分だけが他の友達と違って、学校を休んでまで病院に行かなければいけないのかわからなかったし、両親に聞くこともできなかった。おそらく幼心に、その質問をすることは許されないことであり、母親を困らせるかもしれないと、どこかで感じていたのかもしれない。

大好きな先生のやさしいウソ

僕は勉強は嫌いで、特に算数が苦手だった。ただ不思議なことに、プリントでする計算はすぐに答えは出せなかったが、駄菓子屋での買い物では、すぐに計算することができた。

特に2年生から始まった九九が僕にとっては難敵だった。それまで足し算や引き算を両手を使いながらやっていた僕にとって、数字を掛け合わせると手の指では足らなくなり、もうパニックであった。学校では何度も九九の暗唱のテストをしたが、僕は6の段まではすらすら言うことができたけど、7の段に入ると何度もつっかえて間違ってばかりだった。父はそんな僕を見兼ね、一緒にお風呂に入ると、九九を全部言えるまで湯船から出てはいけないというルールを作った。父と二人で湯船に肩までつかりながら、僕はひたすら九九を2の段から言い続けた。途中でつかえたり、失敗するとまた2の段から再スタートした。これが毎日続いたのだ。でも、毎回7の段でつまずき、僕も父も、お風呂から上がる頃は顔が真っ赤になりのぼせていた。今思えばもっと効率的で、体にいい暗記方法があったと思う。しかし、父は九九ができない僕に、体を張って真剣に向き合ってくれる人であった。

当時、僕が通っていた小学校では、2年生になるとサッカーチームかリトルリーグに入ることができた。僕は関西人としては意外に思われるかもしれないが、読売ジャイアンツの大ファンで、ジャイアンツが負けると不機嫌になった。特にクロマティという助っ人外国人が大好きで、新聞紙を丸めてバットにして振ってみたり、ホームランを打ったあとのガッツポーズのモノマネをよくしていた。だから当然、僕の中では野球ができると思っていた。

ある日、学校で配られた保護者向けのプリントを食事の準備をしている母に渡し、

「ねえ、お母さん、僕リトルリーグに入りたい。ええやろ」と聞いた。

「ええよ、頑張りや」

ということばが返ってくるものとだと信じていた。しかし、返ってきた返事は予想もしていないものであった。母親は料理する手を一切止めずに、

「そんなん、アカンに決まっているやろ」

と僕の方を振り向きもせずに言った。

「リトルリーグって野球のことやで」

とリトルリーグの意味を母親が知らないんだと思い説明をした。でも母は、

「アカンものはアカン」

とだけ言った。僕は、母が料理の準備中で忙しくて、機嫌が悪くて反対しているだけだと思った。そこで、お風呂から出てからもう一度聞いてみた。

「お母さん、僕野球がしたいんよ」

でも、洗濯物をタンスにしまいながら、

「アカンって言っているでしょ」

と今度は強い口調で言った。

「なんで！　なんで！　なんで、アカンの！」

と僕も食い下がったが、母は何も言ってくれず、用事を忙しそうにしていた。

翌日学校に行くと、仲のよかった友達が、

「俺、リトルリーグに入ってもいいって、お母さんが言ってくれた。たなやん（当時の僕のあだ名）も一緒にやろうや」

と誘ってくれた。誘ってくれたのはうれしかったが、彼が羨ましかった。

家に帰って母に、お願いをした。何度も、何度もお願いをした。でも、母は首を縦には振ってくれなかった。僕は小学2年生の脳みそをフル回転させて、

「苦手な算数も頑張るし、九九も完璧に言えるようになる。それに、大嫌いなブロッコリーも食べるから、野球させて」

とお願いというよりも叫びに近かったと思う。でも、母は、

「アカンって、この前から言っているやろ」

とだけしか言わなかった。すごく悔しかったが、僕は諦めなかった。

そこで、僕は通院していた病院の先生に聞くことにした。その先生は40代の男性で、髪型は七三分けで眼鏡をかけており、いつも冗談ばかり言っていた。いつものように、胸や背中の音を聴診器で聞き、両顎の下を触り、舌を舌圧子《ぜつあっし》で押さえ、「あー」と声を出して喉元を見るというルーティンが終わってから、思い切って聞いてみた。

「ねえ先生、僕、野球やっていいよね」

すると、横で僕のシャツをたたんでいた母親が、

「ちょっと、順也」

と、僕と先生の間に割って入ろうとした。先生は母に目を向け、軽く頷いたように見えた。そして先生は僕の方を一度見てから、いきなり腕組みをして下に視線を落とし、

「うーん」

と大きな声を上げた。どれくらい下を向いていただろう。しばらくして、先生はパッと顔を上げ、僕と同じ目線になるように座り直して、こう言った。

「野球か、うーん。今は、やめとこか」

そして、先生は続けた。

「田中君の病気は、大人になれば治る病気やから、いい子にしていたら良くなるよ」

と、丸坊主の僕の頭をやさしく撫でながら言った。〝なんで先生も野球をやっていいよって言ってくれないんだ〟と腹が立った。しかし僕はその先生が好きだったので、先生のことばを信じた。当時の僕にとっての「大人」とは中学生だったので、〝中学生になれば野球ができる。それまで我慢したらいいんだ〟と思い直した。実は、数日前に兄から、

「順也も僕も多分、野球もサッカーもできへん。そやから、もう諦めろ」

と言われていた。その兄のことばを確認したい思いもあって、先生に聞いたのだ。〝なんや、野球は今できへんだけで、中学に上がればできるやんか。お兄ちゃんは間違ってるやん〟と感じた。そして、幼心に野球をしたいという僕の希望が母を困らせていることはうすうす感じていた。だから、それ以降、野球をしたいとは一切口には出さなかった。

大人になった今、あの時、母は野球をしてはいけない理由を言わなかったのではな

く、言えなかったのではないかと思う。そして医師が言ったことば。一見、無責任な発言かもしれないが、あれは子どもの希望と笑顔を奪わないための「やさしいウソ」だったのかもしれない。

突然やってきた病いの兆候

身長も伸び、体重も増え（いわゆる肥満児だった）、僕は小学4年生、10歳になった。相変わらず、月に一度は通院していた。でも、いつも血の検査と尿検査、診察を受けて帰るだけであった。お薬を飲んだり、日常生活を制限したりすることは何もしなくてよかった。サッカーチームやリトルリーグに入ることはできなかったが、体育の授業にはみんなと同じように参加できていた。実は腎臓という臓器は「沈黙の臓器」といわれるように、臓器の機能が悪くなっていても、熱が出たりお腹が痛いなどの自覚症状というものが出現しにくい臓器である。だから、僕も通院はしていたが、元気そのものだった。

しかし、自覚症状は何の前触れもなく急にやってきた。当時、放課後は校庭でドッジボールやゴム飛びをするのが流行っていた。でも僕は早くテレビを見たかったので、授業終了のチャイムと同時に家に帰った。両親も祖父母も畑に出かけていたので、鍵を自分で開けて家に入った。

その日も、いつものように学校から帰ってすぐに宿題を済ませた。漢字のドリルとリコーダーの練習を数回して、算数の宿題は兄が帰宅してから教えてもらおうと思い、やらずにいた。僕は兄が帰ってくるまで寝転がってテレビを見ていた。おやつやジュースなどはなく、畑でとれたミカンがいつも納屋にあったので2、3個横に置き、そのミカンを頬張りながら見るのが日課であった。途中で母親が畑から帰ってきて、

「もっと離れたところからテレビを見なさい」

とよく注意されていた。当時、刑事ドラマの『西部警察』が大好きでよく見ていた。その日も母が30分くらい前に帰っており、僕は畳に横になり『西部警察』を見ている最中だったと思う。テレビの画面がグニャグニャに揺れて見えた。〝あれ、おかしいな、地震かな〟と思い、目を擦《こす》ってからもう一度画面に視線を向けた。しかし、画面は先

ほどと同じようにグニャグニャに揺れており、家のタンスも揺れているように見えた。でも、床に手をつくと床は揺れていない。〝地震じゃあないかも〟と思ったと同時に、急に怖くなってきた。僕は怖くなったので、目を閉じた。すると、今度は目を閉じているのに体がグルグルと回っている感覚に襲われ、余計に恐ろしくなった。そこで、台所で夕食の準備を始めていた母親のところに行こうとした。ところが、立ち上がることはなんとかできたが、真っすぐに歩けなかったのだ。壁づたいにゆっくりゆっくり歩き、母の元にたどり着き、こう言った。

「真っすぐ歩かれへん。ふらふらする。何かおかしい、怖い」

母はいつもと様子が違う僕に驚いたのか、料理の手を止め、畳の上に僕を寝かせた。横になっても天井が回っていたので、すぐに起き上がった。母は祖父母の部屋に置いてあった血圧計を取ってきて血圧を測ったり、熱を測るなどしたが問題はなかった。そのふらふらする症状は、次の日の朝までおさまらなかった。

翌日、父が珍しく仕事を休んで、いつもの病院に僕と母を送ってくれた。病院の玄関から歩いている時、いつ昨日のような症状が出るかもしれないと怖くなり、いつも

より慎重に歩いた。病院ではいつもの検査をした。診察を待合室で待っている間、

「今日もジュース買ってほしい」

と母に言ったが、母は僕の声が聞こえなかったのか、何か考えごとをしていたのか何も言わなかった。僕も、不思議とそれ以上話しかけなかった。しばらくして、診察室から、

「田中さんどうぞ」

という声が聞こえてきた。僕と母は中に入ったが、母の顔は怒っているように見えた。先生もいつもなら笑顔で「おはよう」と言うのに、何もしゃべらず、紙カルテの数値をずっと見ていた。看護師さんから、

「先生、お願いします」

と声をかけられ、先生は初めて僕たちが診察室に入ったのに気づいたようであった。先生は何も言わずにいたので、僕もしゃべってはいけないと思い下を向いていた。自分の指先を触りながら、気になっていたささくれを取ろうとしていた。僕の横では母が、昨日の症状を先生に話していた。先生は黙って頷きながら聞いていた。母が話し

終えると、先生が体を僕たちの方に向けて言った。

「ふらふらしたのは、驚いたね。怖かったね。実は、今日の検査でいつもの3倍以上尿たんぱくが出ていたんだ。それが原因だと思うけど、これ以上この病院で検査をしたり治療することはできない。大阪に子どもの腎臓に詳しい先生がいるから、そっちで診てもらってほしいと考えています。紹介状は書きますので」

事の重大性はわからなかったが、笑顔のない先生の表情やその先生の話を聞いていた母が唇をぐっとかみしめていた顔から、何か大変なことが僕の体で起きているんだと感じた。母も視線を上や下に忙しそうに動かしていた。診察室を出ると、いつもならジュースが飲めると心がうきうきするが、その日は母も僕も一言もしゃべらなかった。ただ、いつもより診察室の消毒液の匂いがしなかったことを記憶している。母は会計を待っている間、僕の座っている席から一番遠い公衆電話を選び、どこかに電話をしていた。電話をする母が、カバンからハンカチを取り出しているのが見えた。僕は見てはいけないものを見てしまったと思い、待合室にあったブラウン管テレビの方に急いで視線を向けた。電話を終えて帰ってきた母の表情をちらちら窺っていると、

母は、

「大丈夫。心配いらんよ。何とかなるから」

と絞り出すような声で僕の背中をさすりながら言った。そして、

「あっそうや、サイダー買おうか」

といつもの声で僕に聞いてくれた。僕は、

「いらない」

と言うと、

「お母さんが飲みたいんよ。1本もいらないから半分飲んで」

と言って、自動販売機でサイダーを買ってきた。その時のサイダーの味は、いつもより炭酸が強いくせに甘くなかったのを覚えている。

大学病院での診察

僕の症状が出てから、兄も念のため病院で検査を受けた。すると、兄も尿たんぱくがいつもの3倍以上出ていることが判明した。その後、ゴールデンウィーク明けに、大阪の大学病院を受診することが決まった。

当時自分では気がつかなかったが、今振り返るとあの頃は体重がどんどん増加し、お風呂の中で足を押すとへこんだままであった。〝変な足。面白いなあ〟と思い、よく押していたのを覚えている。おそらく、尿たんぱくがたくさん出ることにより、余分な水分が貯留《ちょりゅう》し、全身が浮腫《むく》んでいたのだと思う。ただ、両親は僕がご飯をよくお代わりしていた（幼稚園の頃がウソなくらい食べていた）ので、太っているだけだと思っていたみたいであった。

入院前に、和歌山市内のデパートにおもちゃを買いに連れて行ってくれた。我が家にとってこれは重大な出来事であった。幼稚園児ぐらいだったか、親類とのクリスマス会でおもちゃの取り合いでケンカをしたことをきっかけに、うちではおもちゃを買ってもらえるのが、誕生日だけというルールができた。どんなに欲しいものがあっても、両親は買ってくれなかった。

デパートに着くと母は、「好きなものを買っていいよ」と言ってくれた。兄は当時流行っていたゲーム機を買った。僕は某テレビ局のマスコットのぬいぐるみを買ってもらった。祖母が、「もっと大きな方がいいやん」と言ったが、10歳でぬいぐるみを買うことにどこか気恥ずかしさもあり、小さな方を選んだ。おもちゃを買ってもらってから、みんなで食堂に行った。祖母が「入院したら食べられないから、好きなものを食べなさい」と言ったが、本当に食べていいのかわからず、思わず母を見た。母も頷いていたので、大好きなエビフライを頼んだ。家では食べたことがないような大きなエビフライを見た時、うれしさと裏腹に今後どんなことが僕たちを待ち受けているのか不安になった。

大学病院には、父が運転する車で向かった。母が助手席に座り、僕と兄が後ろの座席に座った。トランクには、僕たちの入院準備と母親が付き添う準備を入れた大きなバッグも積んであった。今みたいにカーナビなどなかった時代だったので、大阪府の大きな地図を見ながら病院に向かった。僕は緊張と不安も大きかったが、胸がワクワクしていた。なぜなら、僕の家は専業農家であり、「農家には休みがないのが当たり前」というのが祖父母の考え方でもあったので、家族みんなで車でお出かけなどした記憶がなかった。そのため、入院するというのに〝みんなでお出かけできるんだ〟という気持ちの方が大きかったのだ。

2時間半ぐらい車に揺られていただろうか、いきなり赤煉瓦の大きな建物が見えてきた。家の近所では見たことがない大きな建物で、圧倒された。病院に入るとエスカレーターがあり、多くの人が歩き回り、入院前に訪れたデパートのようだった。一見、病院ではない雰囲気であったが、そんな僕の妄想は一気に覆《くつがえ》された。小児科がある2階に行くと、僕よりも少し小さい学年の女の子だろうか、

「嫌や、入院したくないよ、痛いことしたくないよ」

と大粒の涙をこぼしながら母親の服を引っ張っていた。人目もはばからず泣いている女の子の姿に驚いた。その泣きながら嫌がる女の子を見ながら、〝やっぱりここは病院なんだ〟と改めて思い、楽しい気持ちが一気にかき消された。

小児科の診察室は10部屋あり、ドアにはそれぞれ番号が書かれており、その番号の下にはゾウやライオン、シマウマなどの動物の絵が描かれていた。通院していた近所の病院とは違い、明るく大きく白いという印象だった。待合室には、僕よりも年下の子どもが多く、母親と話をしたり、母親の膝で寝ている子どももいた。どれくらい待っただろうか。マイクを通した女性の声で僕と兄の名前が呼ばれ、「1番にお入りください」というアナウンスが流れた。母親がノックをして入り、次に兄、そして僕の順で入った。父はなぜか待合室で待っていた。部屋に入ると背もたれがある大きな椅子が見え、部屋は消毒液の匂いもしなかった。その椅子には、髪の毛を艶出しのワックスで固め、男性専用の香水をつけた、黒縁の眼鏡をかけた高齢の医師が座っていた。近所の冗談ばかり言っている先生しか知らなかった僕は、〝これがテレビでよく見るお医者さんだ〟と思い緊張した。その後ろには、看護師さんが立っていた。先生は僕たちの方をちらっと見ただけで、紹介状であろうか用紙をずっと見ていた。しばらくしてから、聴診器で胸の音を聞かれたが、和歌山の時とは違い数秒で終わった。〝これが本場のお医者さんなのか。一瞬でわかるんや〟と一人で納得していた。すると、

「お母さんとお話があるから少し外で待っておこうか」

と、先生はカルテを書きながら言った。僕は〝僕たちの病気のことを絶対話すんだ、僕も聞きたい〟と思ったので、

「一緒に聞く」と言った。でも、母が、

「外で待っておきなさい、あとでちゃんと話してあげるから」

と言い、背の高い看護師さんが僕と兄を診察室の外に連れ出した。すると、母が診察室の中から父を手招きし、父も診察室の中に入って行った。僕と兄は、外の長椅子で待っていた。テレビでは子ども向け番組が流れていたが、僕は一切見なかった。〝なんで一緒に聞いたらあかんのやろ、自分のことやのに〟〝ずるい、みんなずるいわ〟と疑問と腹立たしい気持ちで、診察室「1」の数字の下のライオンをずっとにらみつ

けていた。時間にして30分くらいであっただろうか、すごく長く感じた。

診察室の扉がゆっくり開き、父と母が出てきた。父は今まで見たことのないくらい落ち込んだ表情であった。でも母は、笑っていた。僕には、その対照的な表情が印象的で、一体何が話されていたのか気になった。

母から、今日から入院すること、完全看護といって僕たちの年齢では親は付き添うことができないことを話してくれた（今は多くが完全看護であるが、当時は珍しかった）。

僕は、母の話を聞き漏らすまいとしっかりと聞いた。そして、話し終わると同時に
「お母さん、病気、治るよね」

と聞いた。母は、

「検査してみないとわからないみたいよ。大学病院といっても、たいしたことないわね」と僕の頭を撫で、兄の肩にそっと手をかけて笑っていた。

この日、僕と兄は入院した。１週間の入院予定であったが、結局３ヶ月入院することになった。

初めての入院生活

僕と兄は４人部屋の同じ病室に隣り合わせで入院することになった。僕のベッドの前には、僕よりも小さな子どもが入院しており、付き添いのお母さんがいた。面会時間が終わり、両親が帰ろうとした時、それまでは「早く帰ったら」「僕はお兄ちゃんがいるから大丈夫やで」などと言っていたのに、無性に両親と離れるのが寂しくなった。涙が止まらなくなり、

「行かないで、帰らんといて」

と大声で叫んだ。それまで、両親と離れて暮らした経験などなかったから、すごく心細くなったのだ。それを見兼ねた前のベッドのお母さんが、「大丈夫ですよ」と、

母に言っていた。兄は、布団を被ったままであった。

「明日、また来るからね。お兄ちゃんがいるから寂しくないでしょ」

と母も何度も僕に諭すように言った。のちに母に聞かされた話であるが、その日の帰りの運転中、父も泣いていたらしい。

入院して一番辛かったのは、水分制限だった。確か1日150㎖だったと記憶している。毎朝、透明のコップに看護師さんがお茶を入れてくれたが、その際兄に、

「弟さんがかわいそうだからって、お茶をあげたりしたらいけないからね」

と注意していた。その兄も水分制限があり500㎖であった。部屋は乾燥しており、喉がすごく乾いた。僕はお茶を一口飲むと、一気になくなってしまいそうで、怖くてできなかった。そこでコップに指を入れて、その指で唇をなぞり湿らせていた。僕は喉の渇きを、入院前に買ってもらったぬいぐるみのお腹を何度も何度も殴りながら、気を紛らわせていた。

入院して3日目だったと思う。左手の内側に赤い発疹が2つあることに気づいた。蚊にでも食われたのかと思ったが、右手にもあった。看護師さんに言うと、表情が変

わり先生が走ってきた。ちなみに僕の主治医は、若くて筋肉質の色白の先生であり、兄の主治医は和歌山にいた小児科の先生をひと回り横に大きくした感じの先生であった。別室に移され検査の結果、水疱瘡であることがわかり、その日のうちに僕と兄は違う病院に転院になった。その病院では、約1ヶ月間入院することになった。

水疱瘡の治療を終えて大学病院に戻ると、今度は8人部屋だった。恐らく今の時代ではありえない人数だ。その部屋では僕が一番年下だった。僕は頭が丸坊主だったので、よく頭を撫でられながら、「お味噌のコマーシャルのあの男の子みたいやん!」とからかわれた。部屋には、13歳のたっちゃん、15歳のアキ君、17歳のヤマト君と兄がおり、隣の部屋にはひとつ年下のヒロシがいた。僕たちは、検査がない日はいつも部屋でトランプやゲームをしていた。アキ君はゲームが得意で、たっちゃんは入院が一番長くて病院の〝裏事情〟を何でも教えてくれた。ヤマト君はすごく大人に見え、いつもやさしくてバイクの雑誌をよく読んでいた。ヒロシとは一番仲がよくて、人気チョコのシールをたくさん持っていた。

そんなある日、検査から戻ると、部屋中がメロンの甘い匂いでいっぱいであった。

昨日入院した人が、差し入れでもらったメロンを食べていたのだ。僕たちは差し入れもダメ、間食もダメ、病棟から出ることも禁止されていた。〝どうしてあの子はメロンを食べていいんやろ〟と考えていると、たっちゃんが病室に来た看護師さんに、

「なんで、あいつはメロン食べていいねん」

と言っていた。看護師さんは、

「病気の種類が違うから食べていいのよ。中学生ならわかるでしょ」

と話していた。たっちゃんは何か言いたそうにしていたが、何も言わなかった。すると本を読んでいたヤマト君がベッドから降りて、看護師さんと廊下に出ていった。

それから3日後、メロンを食べていた子が退院した。あとから入院した人が先に退院するのは、あまりいい気分がしなかった。


そして、事件が起きたのはその日の午後だ。

小児科には昼寝をする時間があったが、その時間の前に看護師長さんが部屋に来た。ごくたまに見る人で、名前も知らない。師長さんと、ヤマト君、アキ君、たっちゃん、

そして兄が部屋で話をし始めた。みんなゲームしている時とは違い真剣な表情だったので、僕は声をかけることができずにいた。ヒロシも部屋に入ってきて、僕の横に座ってその様子を見ていた。たっちゃんが、

「そんなの刑務所と同じじゃん。ここには自由はないのか」

と声を荒げた。いつも冗談ばかり言っているたっちゃんが怒ったのだ。すると師長さんが、

「あなたたちは、治療して元気になるために入院しているのよ。そのためには我慢も必要なのよ」

と、たっちゃんに負けないくらい大きな声で言った。〝えっなに、ケンカやん〟と怖くなってきた。すると今度はヤマト君が静かな声で、

「みんな、病気を少しでもよくして元気になるために入院しているのはわかっています。食事制限とか外に行けないのも、そのために我慢しています。でも、食事は無理でもちょっと外に行くことくらいはいいでしょ」と真剣な顔で言った。すると師長さんが、

「あなたが一番年上なんだから、我慢してお手本にならないといけないでしょ」

と、ヤマト君が全部話し終わるか終わらないうちに言い返した。この師長さんのことばが的外れであることは10歳の僕にだってわかる。ヤマト君の発言に対する返答になっていなかった。その師長さんのことばに対してヤマト君は、

「じゃあ、百歩譲って外に行くことも我慢します。でも、何でも食べていい患者をこの部屋に入れないでくれよ。俺たちはいろんなことを我慢しながら入院しているんですよ。それなのに、目の前でいい匂いをさせながらメロンを食べられたら、たまったもんじゃない。俺たちの気持ちを考えたことあるんっすか」

と、さっきよりも大きな声で言った。僕は両手をギューッと握りながら、ヒロシと「すごいな、ケンカやな」と小さな声で話しながら、様子を見ていた。ヤマト君が話したあと、誰も口を開かなくなった。重苦しい雰囲気が部屋中に漂っていた。するとそこに兄の主治医がやってきて、

「穏やかじゃないね。先生も話に入れてよ、なっ。向こうで話そ！」

と言って、たっちゃん、ヤマト君、師長さん、そして先生が出て行った。出て行っ

てからヒロシが、

「ヤマト君、めっちゃかっこいいやん、すげえ」と興奮していた。僕は、ヤマト君は僕たちの気持ちを代わりに話してくれているんだと思った。30分くらいして、たっちゃんとヤマト君が帰ってきた。

たっちゃんは、「あの石頭の師長め！」とまだ怒りがおさまらないようだった。するとヤマト君が、

「でも、気をつけるって言っていたやんか。入院のベッドのことなんか俺たちに言われても全然知らんけど。まあ、それでいいやん。これ以上話しても、平行線やわ。もうやめよう」と、たっちゃんだけでなく、僕たちみんなに向かって言ってくれた。

この事件というか体験は、僕が看護師になった今でも大事にしている。患者さんは、病気が治るとかよくなることに希望を持つ代わりに、多くのことを我慢している。そのことを医療者が理解しないと、患者さんの懐に入らせてもらえないということを、ヤマト君から教えてもらったような気がする。

病院という場所を知る

小児科病棟に入院しているのは、男の子ばかりではなく、女の子もいた。でも、ほとんど会うことはなかった。当時、女の子の部屋はナースステーションを挟んで反対側にあった。ナースステーション横にある体重計で体重を測る時にだけ、ピンクのチェック柄のパジャマを着た女の子に出会うことができた。男子と女子の病室の間には扉があり、その扉はお昼寝の時間や消灯時間になると閉まった。ある日、いつものように体重を測り、デジタル表示の数字を鉛筆で紙に書いていると、女の子が歩いてきて僕と目が合った。女の子は、アニメキャラクターのワッペンがついたニット帽を被っていた。その女の子の後ろから、お母さんだろうか、

「もっとゆっくり歩きなさいよ、走らないでね」

と声をかけていた。〝何だろう〟とじーっと見ていると、いきなり後頭部に痛みが走った。

「何見てるねん、このスケベやろう」

という声が聞こえ、膝カックンもされた。その場でしゃがみこんでいる僕を、たっちゃんがニヤニヤしながら見ていた。たっちゃんがこういう笑い方をする場合は、大抵僕のことをからかう時だ。たっちゃんにはたかれた頭を触りながら、たっちゃんの方を見上げると、

「ここでは、女の子を3秒以上見るとスケベになんねんで。おまけに師長さんに、ぶっとい注射されるねんで」と言われた。僕は師長さんが大きな注射を持った姿を想像し、鳥肌がたった。

「3秒も見てへんし、2・9秒やし」

と必死にたっちゃんに言うと、たっちゃんは大きな声で笑いながら、

「なに焦ってんねん、めっちゃおもろいな順也は。嘘に決まってるやんか」

と、今度は軽くおでこをデコピンされた。翌日、体重測定の時にまたその女の子に会うかなと期待していたが、会わなかった。

その日は朝から雨が降っていた。僕は雨の日が好きだった。雨が降ると、両親は畑に行かずに納屋で作業し、家にいることが多かったから好きだったのだ。でも、病室で迎える雨は嫌いだ。窓から外を眺めながら、外に出たらあの道を歩いてとか、坂道を自転車で思いっきり下っていきたいなどとよく妄想していた僕にとって、雨で外が見えないのは苦痛であった。

就寝前の看護師さんの見回りが終わり、病棟放送で消灯のアナウンスが流れた。アナウンスと同時に部屋の電気が消えた。消灯になってもアキ君やヤマト君は、枕元の小さな電灯をつけて雑誌を読んでいた。たっちゃんも電灯をつけ、携帯オーディオで音楽を聴きながら、音楽雑誌を見るのが日課だった。いつもなら、消灯になると廊下も静かになるのだが、その日は看護師さんが何度も廊下を行ったり来たりしていた。時々、バタバタ走っている音がリアルに聞こえた。僕は頭から布団を被り、寝ようとしたが眠れなかった。すると、僕のベッドの上に大きな衝撃が走った。布団から顔を出すと、たっちゃんが僕の布団の上に乗っていた。たっちゃんは、僕が寝ているのを無視するかのように、窓から廊下側を覗き込んでいた。

「たっちゃん、なに？　痛いやんか」

とうっとうしそうに言うと、たっちゃんは僕のことはお構いなしに、身を乗り出して電気がついている病室を見ていた。たっちゃんはヤマト君に、

「今日、何かあったんやない。状態が悪いんじゃないかな。前もこんなことがあったで」と小さめの声で言った。「状態」「悪い」ということばが僕を怖がらせた。ヤマト君も僕のベッドのところに来て、

「ああ、ホンマやな。女子の病室の方やし、あそこはクリーンルームやろ」

とたっちゃんに聞いていた。

〝クリーンルーム？〟

何を言っているのか全くわからなかった。たっちゃんは、眼鏡を外し、目を細め、

「あっ、そうや。順也、あれ貸してや、あれ、えー、オペラグラス」

と僕に右手を差し出しながら言った。僕は窓から外を見るのが好きだったので、もっと遠くを見たいと母に言うと、自宅にあったオペラグラスを持ってきてくれたので持っていた。暗い中だったので、手探りで引き出しの中からオペラグラスを手にして、たっちゃんに渡した。その騒々しさの中で、隣の病室にいたヒロシが、

「なんか、あったんかな」

と言いながら入ってきた。たっちゃんはそのオペラグラスをヤマト君と交互に貸し合いをしながら、

「やっぱりクリーンルームや。誰かしんどくなっているんやな」と二人で話していた。

それを聞いていたヒロシが、

「誰か死ぬのかな、誰が死ぬんやろ」

と目を丸くして聞いてきた。するとヤマト君が「そんな言い方はアカンで。死ぬとか興味本位で言ったらアカンよ、わかったか」とヒロシに、学校の先生よりもやさしく注意した。僕も口には出さなかったが、ヒロシと同じことを考えていたから、僕にも言われている気がして、死ぬことは興味本位で話してはいけないんだと知った。

僕たちは息を呑みながら、電気がついている部屋の方を見ていた。すると、いきなり病室の扉が開いて、

「何時やと思っているの。早く寝なさい」と看護師さんが懐中電気の灯りを僕たちに向けて強めな口調で言った。すると、たっちゃんが、

「何かあったんやろ？　なあ」

と看護師さんに質問した。僕も知りたかったので看護師さんの方を見ると、

「何もないから、あんたたちには関係ないし。早く寝なさい。もう、まったく」

と、呆れた口調で僕たちに言った。ヒロシも部屋に戻され、みんなベッドに戻った。次の日、ヤマト君もたっちゃんも昨日は何もなかったように、普段通りだった。僕はどうしても知りたくなって、体重測定の時にたっちゃんに聞くと、

「朝方、死んだみたいやわ。順也、絶対に言ったらアカンで」

と僕の耳元で小さな声で教えてくれた。僕は怖くなり、女の子の病室をじーっと見ていた。ここは痛い治療や検査があるけど、毎日みんなと冗談を言い合う楽しい場所だと思っていた。でも、命が消えゆく場所でもあるんだ、そんな場所に僕は今いるん

だと改めて気づかされた。すると、僕はペシッと頭をはたかれ、「だから、師長さんを呼ぶで。このスケベやろう」と、たっちゃんが笑みを見せて言った。たっちゃんは、何度も何度も僕の頭を撫でていた。それ以降、アニメキャラのワンポイントが入ったあのニット帽を被った女の子を見かけることはなかった。

やさしさの詰まった手術と兄のやさしさ

腎生検とは、腰の上にある腎臓に特殊な針を刺して、腎臓の細胞を採取し精密に調べる検査のことだ。ＣＴやＭＲＩなどさまざまな検査を行った結果、兄は通常の腎生検ができることがわかった。しかし、僕は腎臓の萎縮が強くて（腎臓が硬くなっている状態）、通常の腎生検ではなく、手術で行うことが決定した。手術は小児科の先生ではなく、泌尿器科の先生がするということであった。手術前にその先生と、僕一人でお話をすることになった。泌尿器科の外来で先生の説明を受けるということであったため、病棟の看護師さんに送ってもらい、待合室で待っていた。待合室にはお年寄りの方が多く座っていた。診察室は４つあり、ドアには小児科のように動物の絵はなく、数字だけが書かれていた。〝今日はアキ君にTVゲームの残機100アップの方法を教えてもらう約束やから、早く終わらないかなあ〟と思っていると、

「田中君、田中順也君ですか」

と、診察室から出てきた看護師さんに名前の確認をされた。

「うん」と答えると、診察室の中に通された。診察室の中は、何か臭いと思った。どこかで嗅いだことがある匂いであったが、何の匂いかわからなかった。診察室には、寝癖で髪の毛が片方跳ね上がっている若い先生が座っていた。先生は自己紹介をしたあとで、

「もう小児科の先生から聞いていると思うけど、田中君の腎臓はね……」

と言って、白衣のポケットをゴソゴソしだした。

「あーよかった、割れていなくて」

と言って、卵を2つ机の上に並べ始めた。それは両方ゆで卵であったが、片方の卵は殻が剝《む》かれていた。〝あっ、これ、ゆで卵の匂いや〟と匂いの正体がわかったが、診察室に卵があることへの違和感しかなかった。すると先生は爪楊枝を取り出して、

卵を触りながら、

「一般的な腎臓はこの殻を剥いたゆで卵みたいに表面が柔らかいから、針を刺してもすぐに刺さるねん」

と言って爪楊枝でゆで卵を刺した。

「でな、田中君の腎臓は硬くなっていて、この殻を剥いていないゆで卵と一緒。これに針を刺そうと思っても、ころころ卵が転がって刺せないやろ。だから、直接卵を手で固定してやると、刺すことができるねん。これが手術でするってことなんやな」

と、どや顔で説明した。〝へーそうなんや。僕の腎臓は殻を剥いていないゆで卵と同じなんや〟と感心していた。すると先生が、

「面白かったか？」

と僕の顔を覗き込みながら聞いてきた。

「はい、面白かったです」

と機械的に答えると、

「リアクション、うすっ！　面白かったら、笑ってくれよ」

と頭を掻いていた。後ろにいる看護師さんは、口を押さえながら笑っていた。説明が終わり待合室で病棟の看護師さんを待っていると、さっきの看護師さんが部屋から出てきて、

「あの先生面白いでしょ。腎生検を受けるのは大人の人が多いのよ。子どもはホント少ないから、どう説明したらいいのか悩んでいたんじゃないのかな。で、あの卵の説明、昨日から考えていたみたいよ」

と教えてくれた。僕のためにここまでしてくれたんやとうれしくなると同時に、あのゆで卵は誰が食べるのだろうと思うとおかしくなった。

手術の日は雨が降っており、部屋から外が見えなかった。落ち着かない僕に、たっちゃんが、

「手術は、気絶するまでが勝負やで」

など、茶化しに来た。僕は思わず笑ってしまった。兄はいつもと同じように見えた。両親も手術前に面会に来て、特別に会わせてくれた。病室を出る時に、初めて兄が、

「頑張ってこいよ」

と手を上げて言ってくれた。たっちゃんとヤマト君、ヒロシは親指を立てて見送ってくれた。看護師さんと両親、そして僕がエレベーターに乗り、手術室まで降りた。エレベーターが手術室のある階に止まって少し歩くと、看護師さんが振り返って両親に、

「ここまでしか入れませんのでね」

と言った。父も母も、「心配いらんよ」「外で待っているからね」と言ってくれた。

僕は変にテンションが高くて、

「うん、頑張ってくる」

と言って手を振り別れた。手術室に入りキョロキョロしていると、

「田中君、頑張ろうな」

と目の前に来た緑色の服を着た先生が言った。〝テレビなんかで見る手術の服や、すごいなあ〟と思って見ていた。その先生は大きなマスクをしていたため誰かわからなかったので、

「はー」

と気のない返事をすると、

「相変わらず、リアクションうすいなあ。ゆで卵の先生やんか、もう忘れたんか」

と笑いながら言った。〝あー、そうだ。この声は〟とやっと思い出した。知っている人がいるとすごく安心した。手術台に上がり横になっていると、手に大きなマスクがついたチューブを持った別の先生がそばに来て、

「今から麻酔、眠たくなるお薬を入れますね。このマスクをするから、大きく深呼吸しながら、心の中で1から数を数えてね」

と言われたので頷くと、口と鼻を覆うようなゴムマスクを被せられた。ゴムの匂いがした。言われた通り3まで数えたところまでは覚えているが、目が覚めるといつものベッドから見える窓が見えた。窓の向こうには母の顔があり、その横には父がいた。〝あれ、面会時間やったっけ。今日は何曜日やろう〟と、ぼーっとする頭で考えるが、すぐには現状を理解できずにいた。

「手術、無事に終わったからね」と看護師さんが声をかけてくれた。〝そうだ、手術

したんや〃と思い出し母を目で探した。すぐに母は、

「お母さん、ここにいるで」

と手を振ってくれた。お腹の痛みはほとんどないこと、母の存在を確認したことで安心したのか、また眠ってしまった。

「順也、痛くないか？」

と兄の声で目が覚めた。兄によると、両親は1時間くらい前に帰ったとのことだった。

次の日の朝、傷の痛みで目が覚めた。〃いつまで痛いんやろ〃と痛みを少しでも忘れようと、布団の端を触って気を紛らわせようとしていた。しばらくして、何も食べていないのに急に大便がしたくなった。ナースコールの呼び出しボタンを押すが、朝の病棟はめちゃくちゃ忙しいのでなかなか来てくれない。お腹を自分でさすりながら、〃なんで来てくれないの、まだあー〃と何度も思った。〃もうダメだ、漏れそう〃と思った時に、

「順也、お尻を上げてみ」

と兄の声がした。兄は差し込み便器を持っていた。僕が大便をしたいことを知った兄が、トイレまで行き、差し込み便器を持ってきてくれたのだ。恥ずかしい気持ちもあったが、それ以上に我慢ができずにいたので、兄に便器をお尻の下に入れてもらった。〝助かったあ〟と思い息むと傷の痛みが強くなり、思わず息むのをやめた。ゆっくり息むと、オナラと一緒に便みたいなものが少し出た。

「お兄ちゃん、ちょっとだけ出た」

と声をかけると、

「よかったやん」

という兄の声が聞こえてきた。

「手が全然届かないから、拭いてよ」

と言うと、

「えっ、自分でやれってそれくらい」

と言われた。頑張って手を伸ばすが、全然お尻には届かない。「うー、あー」など言いながらしていると、

「もう、僕やるわ」

と兄は右手にトイレットペーパーを巻いて左手で鼻を押さえながら、

「お尻もっと上げろって。ケツを上げろよ。そう、そのままやで」

と言いながら、お尻を拭いて片づけもしてくれた。片づけから帰ってきた兄に、「ありがとう」と声をかけると、「うん」とだけ言って雑誌で扇ぎ始めた。すると、

「やめろ、臭いやんけ」

とたっちゃんの声がして、たっちゃんは僕にも聞こえる声で、「ふー、ふー」と言っていた。それを見たヤマト君も雑誌で扇ぎ、みんな僕のうんちの匂いが自分のところに来ないように一斉に扇ぎ始めた。〝悪いなあ〟と思ったが、みんな大笑いしながら扇いでいた。笑うとお腹の傷が痛かったが、みんなが笑うのがおかしくて、痛みを我慢しながら僕も笑った。カーテンの隙間から、兄も笑っているのが見えた。すごく恥ずかしかったが、みんなが笑ってくれてありがたかった。

結果説明と病院の粋なはからい

笑ったり、大きく体をねじると手術跡にまだ痛みが走った。

手術も終わり痛い検査もなくなったため、あとは退院するだけだと単純に考えていた。この頃、退院したら何が食べたいかよく妄想していた。〝大好きなエビフライをいっぱい食べたい〟〝キンキンに冷えたサイダーも一気飲みしたい〟など考えていると口の中が唾でいっぱいになっていたらしい。しかし、両親は違った思いを持っていた。検査結果が悪くありませんようにと、毎日仏壇に手を合わせていたとあとから聞いた。

ある日、野球のＴＶゲームをしながら兄が、

「検査結果って、来週わかるみたいやで」

と、画面を見たまま言った。

「えっ、なんて。結果がなんて」

と画面に向かって聞き返すと、

「そやから、検査結果が来週にわかるねんって」

と、明らかにさっきよりも語気が強かった。〝何怒ってるねん〟と心の中で思いながら、

「へーそうなんや。それがわかったら、家に帰れるかな。だって、もう病院ですることないやん」

と兄の方をチラッと見ながら言った。すると兄はため息をつきながら、

「もうええわあ、ゲームやめ」

と言ってTVゲームのリセットボタンをいきなり押した。僕は試合に勝っていたから、いきなり消されてイラっとし、コントローラーを兄に向かって投げつけた。兄もコントローラーを投げ返し、ちょっとしたケンカになった。兄ともみ合いをしていると、奥のベッドからたっちゃんが、

「何や、兄弟ゲンカか。やれやれ、二人とも思いっきりやれ」

と囃し立てた。僕よりも体も大きく力も強い兄には歯が立たなかった。たっちゃんの「順也、弱いなあ。情けないなあ」という声が遠くの方から聞こえてきた。すると、ヤマト君が、

「二人ともやめや。危ないやろう」

と言って、僕と兄の間に入った。たっちゃんも間に入ってきて、僕の頭を撫でながら、

「よう頑張ったやんか、ぼろ負けやけど」

と僕に言ったので、思いっきりたっちゃんの脛《すね》を蹴飛ばした。たっちゃんは、

「何すんねん」

と言って、僕のおでこにデコピンを連打してきた。その横で、ヤマト君が兄を連れて部屋を出て、廊下で何か話していた。あとで、何を話していたのかヤマト君に聞いても、

「大人の話や。まだ毛も生えていない順也には教えられへんわ」

と言って、僕のわき腹や足の裏をくすぐり始めた。

「ケンカした罰や。こちょこちょの刑」

とたっちゃんも言いながらヤマト君に加勢して、僕は二人からこちょこちょの刑を受ける羽目になった。兄はそんな僕の横で、見ているのか見ていないのかわからないが、珍しくイヤホンでテレビを見ていた。

腎生検の結果は、母から父と二人で説明を受けると聞いた。僕は、「自分のことだから僕も聞きたい」と言ったが、

「難しい話やから、まずお母さんが聞いてから二人に話してあげるね」

と言ったので、諦めた。小児科の面会時間は15時～18時であったが、検査結果の説明の日は14時～17時に変更されていた。母は面会時間について、「先生の都合で時間が変わったらしいよ」と言っていた。母は面会に来ると、いつも家から持ってきた下着を引き出しに入れながら、僕にお昼は何を食べたかと聞いてくれた。その日も、いつもと同じだった。17時になり、看護師さんが来て、

「じゃあ、田中さん、あちらで説明しますね。今日の面会はここまでですよ」

と、僕たちにも聞こえる声で言った。父も母も、

「今日の晩御飯なんやろうね。いつもやったら見られるのにな。明日また晩御飯なんやったか教えてよ。明日、来るからね」

と言って部屋から出て、看護師さんのあとを歩いていた。僕は、両親が出て行ってから、急に不安になった。〝一体、何を言われているのか〟〝僕の体はどうなるのか〟。兄は、漫画本を読んでいた。兄とはまだケンカしていたので、僕はTVゲームのスイッチを入れて一人でゲームを始めた。いつもならすぐに夢中になるのだが、全然楽しくなかった。〝やっぱり僕も聞きたい〟という思いが強くなり、リセットボタンを押して部屋から出ようとした時、

「先生にもゲーム教えてくれよ」

と言って、兄の主治医がニコニコしながら入ってきた。僕は先生を無視して出ようとしたが、先生は、「息子がどうしてもTVゲームの3面から先に行けないって言うんや。だから、3の面のクリアの仕方を先生に教えて。子どもにいいところを見せたいんや」

と、僕と兄に向かって言った。僕が兄と顔を見合わせると兄が、

「先生そんなことも知らんの。ダサいなあ。順也、一緒に教えてやろう」

と言うと、スイッチを入れた。先生は、僕と兄の間に座るとコントローラーを持ちながら、

「難しいなあ、ここのザコ敵にいつもやられるんや」

など言いながら、真剣にゲームをしていた。変な先生やなと思っていると、先生が、

「気になるよな、知りたいよな自分のことなんやから。でも、今はお父さんとお母さんに任せておけ。なっ」

と言うと、3の面を見事にクリアし、

「よしっ」と小さなガッツポーズをしてみせた。先生は晩御飯が来ると、「ありがとうな、これで息子に自慢できるわ」

と言って出ていった。

晩御飯を食べ終わり、配膳車に片づけにいった。他の患者のお父さんやお母さんが面会でまだ残っていた。僕たちの面会時間は終わっていたから、もう両親は帰ってい

るだろうなと思いながら、ふと病棟入り口の方を見た。すると、病棟から出る扉の外で母が手を振っているのが見えた。母はいつも面会が終わり帰る前には、あの扉の外から僕たちに手を振ってくれた。いつもと同じ光景であった、母の目が真っ赤であった点を除いては。

今思えば面会時間を早めたのは、病状説明後の両親の動揺を子どもに悟られないように病院側が配慮してくださったのだと思う。そして、自分たちが話を聞けない不安やイライラを受け止め解消するために、先生が僕たちのそばに来てくれたのだと、大きくなってから僕は気づいた。

透析という治療と誕生日

次の日母はいつも通り、面会時間開始と同時に病室に来た。あとから、父も来るらしい。父と来る時は、父の運転する車で一緒に来る。僕も兄も昨日の検査結果の話を今すぐにでも聞きたかったが、

「お父さんが来てから話そうか、ねっ」

と言って、母は床頭台《しょうとうだい》に置いていた漫画本やコップ、お箸を整理し始めた。父が病室に入ってきて、部屋のみんなに挨拶していた。挨拶を終えると、父は僕のベッドに腰かけて、僕の横に座った。母は、僕と兄の間に椅子を置くと、ゆっくり話し始めた。僕は、母のことばを一言一句聞き逃さないように聞いていた。母の話によると、僕た

ちの病気は父も腎臓が強くないため遺伝の可能性も否定できないこと、今の医療では治らないこと、そして退院しても腎臓をこれ以上悪くしないように、食事や運動制限をしないといけないことやたくさんの薬を飲まないといけないこと、定期的な検査をこの大学病院で受ける必要があることを順序立てて話してくれた。僕は、話の途中いろいろ聞きたかったけれど、聞くのが怖かった。母が説明した最後に、

「透析しないように頑張ろうね、お母さんも頑張るからね」

と、泣きながら言っていたのを今でも鮮明に覚えている。しかし、母が言った「透析」ということばが10歳の僕には全くわからなかった。でも、母の涙を見た時、透析そのものはよくわからなかったが、透析は絶対にしてはいけないものであり、僕も頑張らないといけないんだと強く思った。話の間、僕のそばにいた父はずっと母の話を聞きながら、僕の頭を撫でたり、背中に手を置いたりしてくれていた。

退院が2週間後に決まった。1週間の入院予定だったのが、気がつけば3ヶ月経っていた。3ヶ月間、母はほぼ毎日和歌山から僕たちが入院している大阪の病院まで、電車とバスを乗り継いで、片道2時間弱かけて会いに来てくれた。専業農家であった

ため、その間、父が母の分まで仕事をしなければならず、今になってその苦労がどれほどのものであったのか考えてしまう。

退院日の少し前に僕の10歳の誕生日があった。母には、当時テレビ番組で流行っていた特撮アニメのグッズが欲しいとお願いをしていた。待ちに待った誕生日がやってきた。母は小さな箱を2つ持って病室に現れた。

「それ、誕生日のプレゼント。ねえ、そうでしょ」

と母に駆け寄ると
「そうよ、ちょっと持って。重たいから」

と、箱の入った袋を僕に手渡した。僕は中身が早く見たくて、箱を開けようとすると、

「ちょっと待ちなさい、順也のは青いシールが貼ってある方やからね」

と指さしながら言った。ドキドキしながら箱を開けると、僕が頼んでいたものではなく、陶器でできた馬の置物であった。期待していたので、少し残念な気持ちになり
「頼んでいたものと違うやん」

と思わず言ってしまった。母は、その置物を手に取ると、後ろのネジを何回か回した。すると、馬が前後にゆっくり動いて音楽が流れた。知らない曲であったが、聞いたことがあるメロディーであった。その時、初めてオルゴールだと気づいた。もうひとつの箱は兄の分であり、兄は木馬のオルゴールであった。最初は希望したものと違い、〝なんでやねん〟とむくれていた。しかし、母がいろんなオルゴールの種類から、これを選んだ話をうれしそうにしているのを見ていると、特撮グッズなどどうでもよくなった。これが、病院で迎えた僕の10歳の誕生日だった。

同情の目で見られるということ

真夏のジリジリとした暑さと、蝉の鳴く声で目が覚めた。退院してから1週間が経った。病院の中は温度が一定であったため、退院後の暑さは体に堪えた。いつもなら、蝉やクワガタを捕ったり、水を張った田んぼに入り、オタマジャクシを捕まえたりしていたので、夏の僕は真っ黒に日焼けしていた。しかし、退院してから安静が大事だと言われていたので、家にいることが多く外に出ることはなかった。プールも好きだったが、行けなかった。退院したのが夏休みでもあり、学校から夏の宿題が山のように送られてきたので、午前中毎日机に向かっていた。でも、今まで真面目に勉強してこなかったことに加え、入院中はほとんど勉強しなかったため、わからない部分が多かった。いつも兄に教えてもらいながら、2学期が始まる数日前に宿題を終えることができた。

2学期が始まる9月から学校に戻った。久しぶりの学校は、懐かしさよりも緊張の方が大きかった。久しぶりに会う友人たちは真っ黒く日焼けをしており、色白な自分の姿が恥ずかしさを倍増させていた。

「たなやん、久しぶり。元気やったか。手紙読んでくれた？」

とクラス中のみんなから質問攻めにあった。うれしいやら恥ずかしいやらで、何をどう答えたのか覚えていない。

退院後の学校生活は、入院前とは一変した。

まず、学校は給食であったが食事制限があったため、母が毎日お弁当を持たせてくれた。また当時、腎不全患者は運動を控えるべしという考え方が主流であり、体育の時間は見学することになった。そのため、みんなが運動をしている時は、いつも先生の横に座っていた。また、何種類もの内服薬も始まった。僕は、「透析しないために頑張るんだ、母の涙はもう見たくない」という思いから頑張ろうと思った。それに、同じ小学校に通っている兄も毎日お弁当を食べたり、体育も見学していたので自分一人じゃないから頑張ろうと思うことができた。ただ、そんな僕の思いが打ち砕かれることになった。それは、僕の思い過ごしかもしれないが、入院前と入院後で友人との間で距離感を感じるようになったことだ。みんなが僕に対して、何か腫れ物に触るような感じで接していたように感じた。馬鹿を言い合ったり、ふざけて遊ぶことがなくなったのだ。そして、距離感を感じたのは友達に対してだけではなかった。学校の先生たちにも同じような感覚を覚えたのだ。友達にも先生にも直接何かを言われたり、無視されたりしたわけではなく、何とも言えない遠さを感じて孤独感でいっぱいであった。そして一番きつかったのが、親戚である。田舎で農業をしていたので親戚が多くて、お盆やお正月にはよく集まった。そんな中、顔はわかるが名前は知らない人が、よく母を取り囲んで母に何かを言っていた。遠くで見ていると、「田中さんとこかわいそうにね、お気の毒にね」とかすかに聞こえてきたのだ。僕たちの病気のことを母は言われているのだとすぐにわかった。その光景を見るのも、そのことばを聞くのもたまらなく嫌だった。

ある時、母に言ったことがある。「お盆もお正月もみんなのところに行きたくない。家にいたい」と。母は黙って聞きながら、

「お母さんも行きたくないで。家にいたいよ。でも、そうしたらお年玉をもらえないでしょ。順也の大事な臨時収入なんやから、お母さん行ってもらってくるわな」

と笑みを浮かべながら言った。〝お母さんは強いなあ〟と子ども心に感じた。

友達や先生、親戚の人たちとの距離はどんどん感じるようになった。あの頃、〝僕はみんなと同じように学校に行って、テストを受けているんだ。ただ給食がお弁当に変わり、体育の時間は見学して、みんなが飲んでいない薬を飲んでいるだけだ。たったそれだけのことだ。みんなと同じであり、かわいそうなことなんかない。絶対ない〟という反発心を抱くようになっていた。しかし友達や先生、親戚など周りのほとんどの人から同情の目で見られるということが、反発する自分をどんどん小さくさせていった。

食事療法と母のやさしさ

退院後、食事療法が始まった。母は毎日、前日からお弁当の下ごしらえをして、兄と僕の分、2つ作ってくれた。お弁当といっても、今流行っているキャラ弁や豪華なものではなかった。野菜中心で、塩気がほとんどないものであった。みんなが給食を食べている中で、自分だけがお弁当を広げる、それはもう公開処刑に近い気持ちであった。

「今日のおかず何?」

と、悪気なくいつも友達に聞かれていた。そのことを母に言うと、母は学校の先生に頼んで給食の献立表をもらってきた。そして、お弁当のおかずを可能な限り給食と同じメニューにしてくれていた。そのおかげか、友達からお弁当を覗き込まれることは少なくなった。母は農業の仕事をしながら、たんぱく質や塩分を計算し、子どもが飽きないようにショウガやコショウを使いながら工夫して食事を毎回作ってくれていた。この歳になって母の子どもを思うやさしさと強さ、そして偉大さを感じる。ただ、母のお弁当で困ったことがひとつだけあった。それはいつもおかずに酢の物（酢レンコン）が入っていたことだ。そのせいかいつも、ご飯が甘かった。

ある日、給食のメニューがカレーでいつものお弁当の容器の半分にご飯を入れ、残り半分にラップに包んだカレーを入れた。当然のように、その間に酢レンコンが入っていた。もう、おわかりの通り、食べようと思うと、酢飯にカレーなのだ。某すし店のメニューに似ていなくもないが、そうだとしたら、母の方が先に発明していたのかもしれない。

その当時、医師から言われていたのは、食事を「たんぱく質30グラム、塩分5グラム以下にしなさい」というものであった。そのため、お菓子やジュースも一切口にしなくなった。幼い頃、10円玉を数枚握りしめて通った駄菓子屋にも行かなくなった。

必死に我慢しているのに、テレビでは新発売のお菓子のコマーシャルが次々に流れていた。テレビは残酷である。僕は、たまに母の買い物について行くことがあった。そうすると、いつもお菓子売り場に行き、〝食べたいなあ、いいなあ〟と思いながら、〝買うとしたらあれとこれと〟と一人で妄想していた、買えるわけがないのに。すると、僕と同い年の子や年下の子が母親にお菓子をせがんで買ってもらっていた。それを見ると、無性に腹が立った。お菓子メーカーの方には申し訳ないが、自分だけが食べることができない悔しくてどうしようもない気持ちをお菓子にぶつけていた。袋の上から何度も殴って、お菓子を粉々にしていた。ただ、シール付きのチョコだけは、ヒロシのことを思い出したので、イタズラはできなかった。あいつは元気なんだろうか。

運動制限と両親の苦悩

腎臓は、激しい運動をすることで腎臓に流れていく血液量が低下する。そのため、腎臓が悪い場合は、腎臓への血液量が低下しないように、体の安静が求められる。そのため先生からは「学校の体育は全て禁止」と言われた。ラジオ体操もしない方がよいと言われた。医療が進んだ現在では、適度な運動は腎臓に問題がないことが明らかになったため許容されるようになってきているが、当時は禁止であった。そのため僕は、体育の時間はいつも先生の横に座って見学をしていた。運動会でもどの競技にも参加することができず、恒例行事の健脚遠足も僕だけが引率する先生の車に乗っていった。ただ腎臓病とは内部障害であるため、外見はみんなと同じなのである。包帯

もしていなければ、ギプスや松葉づえもついていていないのである。そのため、クラスの一定の人は、

「田中またサボってる。ええなあ、俺も走りたくないわ。サボりたいわ」

と言ってくるのだ。〝こっちはサボっているんじゃない、走りたくてもできないんだ〟と言いたいが、そのことばを発することが情けなく惨めに感じたので言えなかった。なので、「うるさい、アホ」と言い返すだけで、よくケンカになった。だが、体育の時間のたびに言ってきたので、言い返すのも馬鹿らしくなり、途中から笑って無視していた。でも、何も言い返せない自分、何も面白くもないのに笑っている自分に無性に腹が立っていた。

僕は野球もサッカーもできないため、その鬱憤をゲームで晴らしていた。でも、もともとゲームが得意でなかった僕は、兄やコンピューターにもよく負けていたので、余計にストレスになった。

ある日、近所のドブでブヨブヨになったサッカーボールを拾ってきた。両親には内緒だったので、農機具の間に隠していた。両親が畑に行っている間に、そのボールに

空気を入れて、家の壁に向かって一人で蹴っていた。しかし、もともとパンクしていたのかすぐに空気は抜けてしまった。庭球のボールなども買ってはくれなかった。そのため、新聞紙を丸めて、野菜作りの際の支柱などに使用するテープをグルグルに巻いてボールを作った。そのボールで兄とキャッチボールをしたり、兄がゲームしている時は、一人でよく遊んでいた。学校からもらってきたチョークで、壁に図書室で借りた『野球入門』を参考にしてストライクゾーンを書き、〝江川のカーブ〟〝西本のシュート〟など妄想しながら一人で壁投げをよくしていた。畑から帰ってきた両親から最初はやめるように注意されたが、途中から何も言わなくなったので黙って続けていた。

今思えば、子どもがしたいことを制限せざるをえなかったことが、どれだけ両親にとっては辛かっただろうと思う。ボールは買えば子どもが喜ぶし、笑顔にもなる。親とは子どもが笑う姿を見たいものだ。でも、僕の両親はそれがしたくてもできないのだ。母も父も僕たちに透析をさせないために、必死だったのだと思う。自分たちが嫌われても、何を言われても守るんだという強さとやさしさに溢れていたんだと気づくようになった。

数十種類の薬を学校で飲むということ

僕には、薬は苦いという先入観があったが、入院中から始まった薬には苦みがなく、薬を飲むのは苦痛ではなかった。入院時には水分制限があり、限られた水で薬を飲まなければいけなかった。最初は口の中に残ってしまい、なかなかうまく飲み込むことができなかった。そこで、薬を飲む前に口に唾を溜めておけば少量の水でも飲めることができるという技を開発し、1回で飲むことができるようになった。

入院中は5錠であった飲み薬が、退院すると11錠に増え粉薬も始まった。退院の時には水分制限はなくなっていた。ただ、学校でこの十数種類の薬を飲むことは恥ずかしくてできなかった。ただでさえ、給食の時間に自分だけがお弁当を食べることが、クラスの注目の的になっていたのだ。だから、みんなの前で薬を飲むことがどうしてもできなかった。それで、いつもお弁当を食べ終わると、水筒と薬を持ってトイレに向かった。そして、トイレの洗面台のところに水筒を置いて、薬をひとつひとつ取り出して飲んでいた。

しかし、場所は学校である。すぐに隣のクラスの人に見つかってしまったのだ。ちょうど薬を飲もうとした時にトイレに入ってきたその人と、目が合ってしまった。瞬間、僕はやばいと思ったが、一気に飲んだ。するとすれ違いざま、

「田中お前、何汚いことしているねん。ここ便所やぞ。きったねーなあ」

と言って、用を足し始めた。そのことばに顔が熱くなり、体中の毛穴が開くのがわかるくらい恥ずかしかった。たまらなく悔しかった。〝こっちだって、こんなところで好きで薬を飲んでいるんじゃない〟と怒りを感じながら残りの薬を飲んだ。

薬を飲み終えて教室に入ると、クラス全員が一斉に僕の方を見た。次の瞬間、みんなは僕と目を合わせなくなり、食事を続けるもの、昼休みのドッジボールのチーム分けのじゃんけんを始めるものなどいつもの光景であった。僕は何もなかったように席

について、図書館で借りていた本の続きを読み始めた。すると、背中をポンポンと軽くたたかれて、

「たなやん、トイレで薬飲んでいるって、ホンマ？」

と女子に聞かれた。トイレで見つかった時よりも顔が赤くなっていくのがわかった。その様子を数名の女子が見ているのが、視線に入ってきた。

「そんなわけないやん。薬なんか飲んでないで」

と下を向きながら言った記憶はあるが定かではない。その後、図書室の本を読み続けたがページを一切めくることはなかった。

僕は次の日から、ご飯を食べ終わると薬をポケットに突っ込んで、水筒を持たずにトイレに駆け込んだ。そしてトイレに入り、誰もいないことを確認してから、ひとつずつ水なしで薬を飲んだ。粉薬は、入院中編み出した口いっぱいに唾を溜める方法で飲むことができた。この時初めて、薬って苦いものだと感じた。

修学旅行と大人たちの心遣い

退院後の小学校の行事では、欠席や見学、みんなと別行動が多く、今思い出しても楽しかったと感じるものが少ないような気がする。

僕の小学校では6年生の時に、奈良と京都に1泊2日で修学旅行に行くのが決まっていた。事前に、医師に修学旅行に行ってもよいか確認したところ、食べすぎないこと、はしゃぎすぎないことを条件に、参加することが許された。てっきり参加できないと思っていたからうれしかった。みんなと一緒に参加できることでワクワクした。特に、修学旅行の班決めや班ごとに自由行動をどうするかなどを話し合う時間が好きだった。僕は、旅行自体ほとんど経験がなかったので、行く先の名所や特産品を調べて何を買うのか想像するだけで楽しくなった。

修学旅行はほとんどみんなと同じコースで回ることができた。しかし、奈良の若草山を散策するコースだけは長い距離を歩くため、運動になるかもしれないということで、バスで待っていた。最初、保健の先生がそばにいたが、しばらくして他の生徒のところに戻っていった。戻り際、バスの運転手さんと何か話しているのが見えたが、何を話しているのか聞こえなかった。僕は、バスの窓から見える奈良公園の木々や少し離れたところの若草山を見ながら、〝他はみんなと同じことができるから、これくらい我慢しよう。我慢、我慢〟と自分に言い聞かせていた。しかし、無性に寂しい気持ちになった。〝病気がなかったらなあ〟と考える自分と、〝そんなこと考えても仕方ないやんか〟と強がるもう一人の自分が心の中で対峙していた。僕は、何か楽しいことを考えようと思い、カバンから修学旅行の行程表を取り出して、京都の京極で何を買おうかなと妄想を始めていた。ペナントや提灯もいいなあと思っていると、

「これ、食べるか？　あー、こんなもんも食べたらアカンのかなあ。おっちゃん、何も知らないからなあ」

と、バスの運転手さんが僕のそばに来て、ガムを差し出したり、引っ込めたりしていた。

「ガムやったら、大丈夫やと思う。でも、学校の先生に聞かんと」と言うと、

「体に問題がないんやったら、それでええよ。先生には聞かんでええ。おっちゃんと、君の秘密や」と唇に人差し指を当てて、笑いながら言った。

幼い頃、母と兄と秘密で飲んだサイダーを思い出しながら、ブドウ味のガムをくちゃくちゃと運転手さんと二人で噛んだ。

旅館の夕食はたんぱく質や塩分が多く、食べられるものは少ないかもしれないけど、食べることができる料理を食べるようにと母に言われていた。僕は並べられた夕食を見ながら、〝これもたんぱく質が多いから、無理。こっちは塩分が強そうだからアカンわ〟と考えているとと食べるものが見当たらなかった。〝どうしよう〟と考えていると、

「はいこれ、おいしいかどうかわからないけど。お母さんに聞いて、味付けはコショウだけにしたからね。お塩は入っていないから大丈夫よ」

と言って、大盛りの野菜炒め（もちろん、野菜のみ）を担任の先生がわざわざ持っ

てきてくれた。のちにわかったことだが、この野菜炒めは先生が旅館の人に頼み込んで、厨房の端で先生自らが作ってくれたものだった。先生と母がそういう話をしていたことは知らなかった。ただ、修学旅行後にその話をすると、先生からどういうものなら食べられるか聞かれたため、母が「野菜だけの野菜炒めで、味付けはコショウだけにしたら大丈夫です」と答えていたことを教えてもらった。ただ母は、先生が本当にそこまでしてくれるとは思わなかったそうで、

「順也、あんたは幸せ者だよ」

と言われた。不器用そうだがやさしい運転手のおじさんや先生お手製の野菜炒めが、修学旅行で自分だけがみんなと違う行動をしないといけないことに対する寂しさや孤独感を和らげてくれたんだと思う。僕の中で修学旅行は、大人たちの温かさの詰まった小学校での一番の思い出になった。

氷が解けるとどうなる？

卒業間近になると、授業の時間割はあるが、半分自習みたいな時間が多くなった。ほとんどが近くの公立中学に進学するが、数名が私立中学を受験していた。その受験も終わり、卒業式を数日後に迎えようとしたある日のことであった。授業で担任の先生が急に、

「じゃあ、みんなに質問します。氷が解けることを想像してみてください。想像することができましたか。じゃあ、氷が解けるとどうなりますか」

と全員に聞いた。僕たちは、先生が何を急に言いだしたのかわからなかったが、先生が真面目な顔だったので順番に答えていった。

「水になる」

「水になってなくなる」

「水になって周りがびちゃびちゃに濡れる」

など、みんなの答えはほとんど同じであった。〝なんで、当たり前のことを聞くんやろう〟と不思議に思っていると、先生が、

「そうだね、水になるね。正解です。えー、氷が水になる現象は合っているかどうか正確にはわからないけど、これを科学とします。つまり科学的な見方をすると、氷が解けると水になるの。じゃあ、国語的に考えると、氷が解けるとどうなりますか」

とまた全員に質問した。みんなお互いの顔を見合わせながら、〝どういうこと〟とクエスチョンマークが頭の中に出ていた。すると、先生が、

「じゃあヒントね、氷が解けるってどういう状況か想像してごらん」

と付け加えた。すると、私立中学に合格した人が、

「暖かくなる」

と答えた。僕はその答えを聞いてもさっぱりわからなかった。しかし、みんな口々

に、

「花が咲く」

「気温が上がる」

「ジャンパーがいらなくなる」

と得意げに答えていた。僕は、みんなの答えを聞いてもわからなかったので、友達の真似をして「暖かくなる」と答えた。全員が言い終わってから、先生が言った。

「国語的に考えるって、なんとなくわかったかな。これからは、インターネットとか科学の時代になるって言われています。すごく効率的で、便利な時代になっていくと思います。でも、みんなには科学の心と一緒に、物事を国語的というか情緒的に考える人になってほしいと先生は思っています」

すごくやさしい表情であったが、先生の僕たち卒業生に対する熱く確かなメッセージが伝わってきたような気がした。その時は、真意はよくわからなかったが、歳を重ねるにつれて、先生がおっしゃったことばの意味が理解できるようになっていった。

この先生のことばを、看護師になった今でも、僕は大事にしている。看護はよく科学であり、エビデンス（科学的根拠）が大事であると言われている。もちろん、看護師の仕事は人の生命や人生に添う仕事なので、科学的根拠を持った視点は重要であり否定するつもりはない。だが、情緒的な感性を忘れては、患者さんの懐に飛び込み、患者さんの希望や思いを叶えるような援助はできないと思う。僕は、看護師の仕事をする中で、忙しさのあまり患者さんのことばや態度に向き合うことができない時、先生のことばをよく思い出す。この先生は音楽を専門にしており、修学旅行の時に野菜炒めを作ってくれた先生だ。

定期的な検査と焼き芋の味

春休み、夏休み、冬休みなどのまとまった休みの時に、大学病院で腎臓の機能を調べるＰＳＰという検査を受けていた。この検査は注射の30分前に約１Ｌの水を飲み、専用の注射をし、注射後15分、30分、60分、１２０分後に尿検査をするというものだ。いつも父が運転する車で母、兄、僕の４人で大学病院に行った。治療が終了するまで食事を摂ってもいいが、検査が全て終わってからの方が気持ちがゆっくりするので、検査終了後、和歌山までの帰り道で食事をすることが多かった。この食事が、家族にとって唯一の外食であった。冬場になると病院の玄関横に、焼き芋販売の車がよく駐まっていた。全ての検査が終わるのが13時頃であった。病院を出て車に向かう途中、いつも焼き芋のいい匂いがしていた。朝食も抜いていたせいか、お腹がペコペコであり、父はいつも、「焼き芋買って帰ろうか、車の中で食べよう」と言って、2つ買ってくれた。新聞紙にくるまれた焼き芋を半分ずつして、車の中でみんなで食べた。ほくほくで甘くて、すごくおいしく、すきっ腹にすごい勢いで吸収されたと思う。遅めの昼食は、家と病院の中間あたりにある定食屋で食べるのが定番であった。そのお店は、お蕎麦や天ぷら、かやくご飯が有名であった。朝食を抜いた分、たんぱく質をいつもより多く摂れるため、楽しみであった。そのお店までの車中では、何を食べるかわいわい話していた。父はいつもメニューを決めるのが一番早く、僕はみんなが注文し終えたのを確認してから最後に注文していた。だが、なぜか父が頼んだメニューだけが最後に運ばれてきて、父が一人で文句を言いながら食べるのがお決まりであった。

その検査の結果は、2週間後に聞きに行かなければならなかった。この検査結果の説明が嫌だった。前日から、〝透析しなさいって言われたらどうしよう〟〝今日から入院しろって言われたら〟と考えると、恐ろしくて不安でなかなか眠れなかった。

検査結果は、診察後に説明があった。しかし僕と兄は外で待っているように、医師に言われた。〝またか〟という諦めの思いと〝自分のことなのに、なんで直接教えてくれないんだ〟〝もう10歳じゃないのにどうして〟という怒りみたいな感情が入り交じっていた。結果は、いつも母だけが聞き、父は僕たちと一緒に外で待っていた。母も検査結果を一人で聞くのが怖いと話したことがある。でも、母は診察室に入る前に、

「大丈夫よ、大丈夫」

と僕と兄に言ってから入っていた。おそらく、母は自分自身にも言い聞かせていたのだと思う。僕は母が診察室から出てくるまで、いつもドアの数字の下に描いてあるライオンをにらんでいた。〝食事も運動も我慢しているんだ、大丈夫に決まっている〟〝悪くなっているとか、絶対言わせないぞ〟という思いであった。母が診察室から出てくると、母の表情をじーっと観察しながら結果を予想していた。精密検査で入院した際に、母から血液結果のクレアチニンというデータの見方を教えてもらっていたから、母が僕たちの検査結果を見ながら説明してくれるのがよくわかった。説明が終わったあとに、

「透析しなくてもいいよね」

と何度も母に確認をしていた。母が、「いいよ、しなくていいよ」と言ってくれるのを聞いて初めて安心することができた。検査結果を聞いたあとのライオンは、さっきよりもやさしく見え、車の中で食べる焼き芋は、いつもより甘く感じた。

腎臓が悪くなるということ

中学1年生の時から、学期ごとに風邪を引いていた。僕は風邪を引くと、体調がよくなるまで1週間かかった。腎臓は風邪を引くと悪化する傾向がある。そのため、食事や運動制限はきっちり守っていたが、少しずつクレアチニンという血液データが上昇していた。

中学3年生になると、1週間に一度風邪を引くようになり、よくなるまで3週間という長い時間がかかった。つまり、1週間登校すると必ず風邪をもらってきて、発熱と倦怠感が続いた。解熱するまで毎回3週間以上かかっていた。布団に横になりながら、〝どうして、こんなに体が弱くなったのか〟と自分が情けなくなってきた。学校の授業もどんどん遅れていった。数ヶ月後には高校受験も控えており、受験勉強もしないといけないと焦る気持ちとは裏腹に、体が全くついていかなかった。こんな弱い体なら、両親にも迷惑をかけるし、死んだ方がマシだと思う日々が多くなった。この頃、熱発で使用していた氷枕で口と鼻を覆って息を止めて、死ぬってどれくらいしんどいことなのか試していた。自分が死んだらどうなるのか、家族や友達、学校の先生は悲しむのかなど考えることも多くなった。だがその思いを踏み留まらせてくれたのは、家族であった。父は毎週僕が大好きな漫画雑誌を買ってきてくれた。兄も、当時好きだった歌手のＣＤが発売されると、買ってきてくれ、

「これ、順也好きやろ」

と言って、寝床まで持ってきてくれた。また、母も畑の仕事をしながら毎日僕が食べられそうなものを作ってくれていた。うれしかった、すごくうれしかった。こんな僕でも大事にしてくれているんだ、生きていていいんだと心から感じることができた。でも、そんな両親や兄のやさしさを感じながら、〝勉強もせずに、家の手伝いもしていないこんな僕にやさしくしてくれるなんて〟と自分の弱さを責めていた。だから両

親が畑に出かけ、兄も学校に行き家で一人の時は、よく頭から布団を被って泣いていた。

たまに学校に行っても、みんなと同じ教室にはいるが、僕だけ違うプリントをしていた。その間、先生は教科書に沿って授業を進め、クラスのみんなは黙々と板書をノートに書き写していた。それを横目に見ながら、僕は、一刻も早く逃げ出したかった。この教室からも、風邪を引きやすい体からも。

今振り返ると、明らかな自覚症状もなく血液データが悪くなり、体力や免疫力がどんどん低下していく中で、〝病気を持つということは人とは違い、弱いことなんだ〟〝自分は弱くて、情けなくて周りに迷惑しかかけない人間なんだ〟と自分に言い聞かせていたと思う。そこには小学生の頃のように同情する友人や先生、親戚に反発する自分はもう影を潜め、目の前に迫っている透析という未知なる治療に抗《あらが》おうとする気力すらなかったと思う。ただ、体の調子が少しずつ悪くなる恐怖心と今後への不安感を感じていた。

透析治療の開始と襲ってくる無力感

窓を開けると肌寒い風が部屋の中に入ってきており、秋が深まっているのを感じていた。それまでは長期の休みの時にしか行かなかった大学病院にも、頻回に通院するようになっていた。〝透析はしたくない〟とずっと思っていたが、それすら考えることが気持ち的にしんどくなり、無機質な毎日であった。いつもなら診察後に母だけが病状説明を聞いていたが、その日は母への説明が終わってから、僕も診察室に呼ばれた。すると、医師が、

「透析の準備だけでもしておきましょう。血管を太くする手術をしておいた方がいい。高校受験と重なるとバタバタするから早めにしましょうか」

と、相変わらずカルテを見ながら言っていた。自分に言われているのかわからずに、ただただ聞いていた。

「順也、先生がこう言っているんやから、準備だけでもしておこうか」

と母が僕の肩に手を置いて言った。この時に初めて、自分のことなんだと気がついた。僕は、両親と将来受けるならどの治療にするのか話し合っていたから、すぐに血液透析にすることを決意できた。ただ、ここまでくればどうでもいいよという気でいた。

入院し、血液透析に必要な内シャントという動脈と静脈の血管を繋げる手術を左手に行った。手術を受けた手を触り、血流が流れている〝ザー、ザー〟という拍動を手のひらに感じながら、〝本当に透析をするんだな、僕は〟とまだまだ、透析治療を他人事のように考えていた。大学病院に入院したのが12月上旬であり、退院したのが12月25日であった。

お正月が明け、通学しようと思うが、寒い日は家で療養するように言われていたので休む日が多くなった。受験勉強に手を付けようと机に向かうが、中学3年生の内容が全くわからなかったので、1・2年生の復習ばかりをしていた。でも、集中力は30分も続かず、机に向かっては横になる日々が続いた。

その日は、いきなりやってきた。ある日、朝目覚めるといつもなら、すぐに起き上がるのだが、体がすごく重たい。全身が強い筋肉痛のような感じであった。〝昨日なにもしていないのになあ、変やな〟と思いながら首を横に向けた。すると、ものすごく強い吐き気が襲ってきた。昨日とは、全く違う。自分の体ではないように感じた。母に症状を伝えると、早朝から納屋で仕事をしていた父が車を走らせ、近くの透析病院に飛び込みで行き、採血をしてレントゲンを撮った。すると、先生から、

「腎臓の機能がすごく悪いですね。今すぐに入院できますか。今日から透析をした方がいいですね」

と言われ、そのまま入院することになった。

「今日から透析かあ、体が少しでもよくなるんだったら、もう何でもしてよ」

と思わず声が出た。自分で発したことばに、自分自身が驚いた。あれだけ母の涙を

見たくない一心で食事や運動を我慢しながら頑張り、忌み嫌っていた透析治療を、今はすんなり受けると自分で言っている。改めて自分という人間が情けないと感じた。

車いすに乗せられて透析室に入ると、今まで見たことがない光景が目に入った。ベッドが左右に並び、各ベッドの横には機械があり、その機械には赤い管みたいなものがついていた。ベッドには人が横になっているが、誰も話をしていない。〝何かの工場みたいだ〟〝人間が横たわっている工場だ、ここは〟と僕は怖くなった。

透析室のベッドに横になって、左手に針が刺された。透析で使用する針は、採血に使用する針と比べずっと太いが、その時の痛みを全然思い出すことができない。それは緊張からなのか、しんどくて記憶がないのか定かではない。ただ覚えているのは、透析の機械の中で自分の血液がグルグルと回っており、いろんな管が赤くなっていた。〝さっき見えていたのは、全部血液なんや〟と思いながら、〝これが透析なんや。何か、変な治療やな〟と考えていた。すると急に、何とも言えない無力感や敗北感が襲ってきた。〝なんでこんなことになったんやろ。先生の言われた通りにしていたのに。お菓子も食べなかったし、ジュースも我慢した、大好きだった野球も諦めたのに、どうして僕がこんなことをしないとあかんのや〟と、怒りを通り越して力が抜けていくのがわかった。その時、ヤマト君やたっちゃん、ヒロシの顔が脳裏をよぎった。僕たちが退院の時に、〝絶対頑張るから〟とみんなと約束した日のことを思い出していた。〝みんな、ごめんな。頑張ってんけど、アカンかったわ〟と心の中で呟いた。〝たっちゃんやったら、頭をはたかれるやろうな。なんて言うやろうな〟と、不思議と昔のことを思い出していた。そんな僕を、ベッドの横にある透析の機械がじっと見ていた。

ことばが乱暴でも温かい看護師との出会い

3時間の透析治療が終わり、病室に案内された。外来からいきなり透析室に運ばれたので病室に行くのは初めてだった。この病院は、1月上旬にもし透析を開始した場合にお世話になると決めていた病院であった。

病室は3階の個室であった。入院に必要なものは、母が病室に運び込んでくれていた。時計を見ると、16時半を指していた。床頭台には、温めた遅めの昼食が置かれていた。僕は食事に目を向けず、部屋の電気を消してベッドに横になった。季節は真冬だったので、外は暗くなりかけていた。窓から昼の明るさがなくなり、暗くなった外の景色を見ながら、〝本当に高校に行けるのかな〟〝こんな体になって、両親に迷惑をかけるなら、死んだ方がマシなんじゃないかな〟などマイナスなことばかりが脳裏をよぎった。時間がどれくらい経ったのかわからなかったが、部屋の扉を〝トン、トン〟とノックする音が聞こえた。僕は扉側に背を向けており、振り返る気力もなかったので無視していた。すると、今度は先ほどよりも、大きなノック音がした。その音と同時にいきなり扉が開き、部屋の電気がパチンとついた。急に部屋全体が明るくなったかと思うと、

「電気もつけずに何してんねん、受験生」

と、男性の声が聞こえてきた。その声に聞き覚えがあったので、ドアの方を見た。すると、そこには先ほどまで治療していた、透析室の40代くらいの男性看護師が立っていた。僕が驚いて何も言えずにいると、その看護師さんは、

「早く飯食って勉強しないとあかんやろう、もうすぐ受験なんやから」

と手も付けていないご飯の蓋を開けながら言った。僕はそれまでナイーブな気持ちでいたので、受験・受験と連呼されたこと、その乱暴で無神経なことばにイラっとして、看護師さんに背を向けた。すると、その看護師さんはこう言って、扉も閉めずに

出ていった。

「何落ち込んでいるねん、アホやな。もしかして、透析することになって人生終わったとか思っているんと違うやろうな。俺から見たら田中君なんかそこら辺にいる15歳のガキと同じなんやで。早く飯食って寝て、明日透析室で待ってるわな、ほなな」

廊下から冷たい風がピューと部屋に入ってきた。一瞬の出来事で、何が起こったのかすぐに理解できなかった。

今は接遇の時代で、医療者も接遇を学んでいる。病室の扉を開けて閉めないという態度、乱暴なことば遣い、おそらく今の時代であればこの看護師さんは、「アウトな看護師」であろう。最初は患者の気持ちを無視して話を続けるところや、ドアを開けて閉めないという態度に腹が立った。だが、乱暴ではあるが、その看護師さんの「そこら辺にいる15歳のガキと同じ」ということばを心の中で何度も反芻した。すると、なぜか心が軽くなっていくのがわかった。何かから解放されていく感じがした。今思えば、幼い時友達や大人から同情の目で見られていると感じていた僕は、自分で自分に〝病気を持つことは人とは違い、弱いことなんだ〟と言い聞かせていた。そういったものから解き放たれた瞬間だったのだと思う。食事療法している、運動ができなくて体育も見学している、たくさんの薬を飲んでいる、そういった事実があっても、僕はみんなと同じなんだと気づかせてくれたのだと思う。というか、気づいていたが、僕は自分で否定していたのだ。そのことばは否定していた自分に、〝間違っていなかったんだよ、君は病気があってもみんなと何も変わらないんだよ〟と言ってくれているように感じた。そして、そのことばから〝みんなと同じであれば、高校や大学に行ったり、働いたり結婚することもできるかもしれない〟と、少しだけ希望を持つことができたのだ。

その男性看護師が出て行ってから、僕はまだ温かさが残っているご飯をかきこむようにして食べた。そこには、落ち込んでいた僕ではなく、高揚している自分がいた。

看護師のユーモアが詰まった回答

透析を開始して、吐き気や筋肉痛のようなものはなくなり体調もよくなっていった。高校入試にも無事に合格し、高校生になった。母や医師からは、1年遅らせて高校に行く選択肢もあると言われていたが、僕は友達と離れるのが嫌だったから、透析を開始してから必死に勉強して、何とか合格することができた。

高校では、文科系のクラブ活動をしたいと考えていた。しかし、月・水・金は授業終了後に透析病院に通院しなければいけなかったので断念した。透析治療を始めると体調はよくなった分、治療が始まるまでよりも食事で気をつけることが多くなった。食事制限に水分制限が加わった生活や週3回の透析治療に慣れたなと感じたのは、治療開始から1年くらい経過した頃であった。

あるテレビ番組で、カバンひとつ持ってヒッチハイクで大陸を横断するという番組があった。それを見ながら、〝僕にはできないなあ、透析があるし〟と考えていた。その時に、自分の体はこの透析治療なしには生きていくことができないんだ、つまり僕は機械に生かされているんだと思うようになった。〝ヒッチハイクの二人組は生きていて、僕は機械に生かされている〟と思うようになり、あの二人はたくましく強く見えるのに、僕は一体何なんだと考えていると、虚しく感じるようにもなった。この虚しさというか、もやもや感は僕の中で日に日に大きくなっていった。

ある日、透析開始時に看護師さんに聞いてみた。

「ねえ、看護師さん、僕って生きていますか？　生かされていますか？」

すると看護師さんは目を丸くしながら、

「何よ、いきなり。哲学の勉強でもしてるの？」

と言った。僕は、自分のもやもやした思いを話した。

看護師さんは話を聞いてくれていたが、忙しい時間帯であったため、「あとでまた来るね」と言って別の患者さんのところに行った。1時間くらいして、その看護師さんがやってきた。

「あのさあ、難しいことはわからないけど、私は看護師の仕事をしてるでしょ。透析をしている田中君や他の患者さんがいなければ働けないし、食べていけない。つまり、私は田中君に生かされて生きているのよ。田中君は、透析が週3回必要な体で、透析の機械によって生かされているのは事実だと思うのよ。不甲斐ないって思うかもしれないけど、それが現実でしょ。でも、高校に行って勉強して、友達と遊んでいると楽しく感じる時もあるでしょ。だから、田中君も生かされながら生きているのよ。元気でいてもらわないと、私の仕事がなくなって、ご飯食べられないでしょ。元気でいるのよ。それと、そんな難しい質問は校長先生にでもしなさいよね。考えすぎて、頭痛いわ」

と、こめかみを触りながら話してくれた。僕は〝自分は何かに生かされ、生きているんだ。誰かの力を借りながらでも、自分の足で歩くことができるんだ〟と知った。同時に、人は誰でも生きていると同時に、誰かの力によって生かされているということがわかった。ただ、虚しさやもやもや感がゼロになったわけではない。しかし、僕の質問に真剣に答えてくれた看護師さんの姿勢やことばによって、こんな僕でも大事にされているんだと感じることができてうれしかったのを覚えている。

ことばが乱暴でも温かい看護師の秘密

透析を開始してから、時々ではあるが例の男性看護師がベッドサイドに来て、

「どうや、もう慣れたか」

とだけ聞いて別の患者さんのところを回っては話しかけていた。最初は気がつかなかったが、その人は片足を少しだけ引き摺《ず》っていて、タバコの匂いがしていることに気づいた。

一般的に、透析室での自分のベッドの場所は決まっていた。高校2年生になると、選択科目が増え、補習授業が多くなった。そのため、透析室に入る時刻が遅くなる日も出てきて、仕事終了後に来られる患者さんが集まっている場所で透析することが決

まり、透析終了後に、次回からベッドが移動すると看護師さんから説明を受けた。

いつものようにロッカーで制服からパジャマに着替えて、透析室に入った。すると、

「田中君、今日からこっちよ」

と看護師さんがベッドに案内してくれた。〝そういやあ、ベッドの場所が今日から変わるって言っていたっけ〟とこの前の看護師さんのことばを思い出していた。ベッドに荷物を置いて、英単語本と漫画本を用意していると、

「今日からここか」

と隣のベッドから声がした。声がした方に目をやると、あの男性看護師が透析をしていた。しかも、太ももに針を刺してそこから透析をしていたのだ。一瞬、目を疑った。〝なんで、透析してるん〟〝いつから、やってるの〟〝えっ、なんで〟とクエスチョンマークが頭の中を占拠し、理解が追いつかなかった。すると、その人が来て、

「えっ、知らなかったん。ずっと前から透析してるんよ」

と当たり前のように言った。〝聞いてないし〟と心の中で思いびっくりしていると、

「あれ、言ってなかったっけ。この時間からは田中君の仲間やで」

と、悪びれる様子もなく、孫の手で背中を掻きながら言った。僕はその日の透析中、その看護師さんが気になってテレビも見ず、漫画本も開けなかった。男性看護師は治療を受けながら、スタッフの方に指示を出したり相談に乗ったり、栄養士さんに食事のことで話をするなど〝仕事〟をしていたのだ。

ある日、授業が早く終わったのでパジャマに着替え待合室で待っていると、男性看護師が来て、制服を脱いで透析の準備をしていた。そして、

「僕はな、19歳から透析をしているんや。医学部に合格して1年目の時に体調が悪くなって検査したら、透析やって言われてな。その当時は、透析治療が今みたいに普通に安全にできない時代やったから、治療を受けること自体が命がけやった。医学部も諦めて、広島から和歌山に帰ってきて透析の勉強をしたんや」

とタバコに火をつけながら話してくれた（今みたいに分煙はされていない時代であった）。僕は食い入るように話を聞いた。

「じゃあ、それから看護師の資格を取ったんですか」

と聞くと、

「准看や。臨床工学技士って聞いたことあるか。その資格と准看の資格を持っている」と教えてくれた。透析しながらでも、仕事ができる。しかも医療スタッフのみんなから頼りにされている、口は悪いしタバコも遠慮なく吸っているけど。僕は、〝この男性看護師さん、かっこいいなあ。この人みたいになりたい〟と純粋に思った。透析をしながら働いている姿がかっこいいのではなく、ただただみんなから信頼され的確に指示を出しながら、時にはスタッフや患者さんと笑い合っているその姿がまぶしくてかっこよく見えたのだ。そして、看護師になりたいではなく、看護師になろうと僕は決めた。

看護師を目指す中での母との約束

高校2年生の夏、今後の進路について母に聞かれたので、あの男性看護師さんのような看護師になりたいことを両親に伝えた。すると、

「看護師なんて、順也には無理よ。立ちっぱなしの仕事だし、夜勤もあるのよ。風邪ばかり引いているあんたには無理よ。体に負担がかからない、デスクワークにしたら。その方が体にはいいって」

と両親ともに反対した。実際、僕も中学3年生の時は月1回風邪を引いていたので体調面への不安もあり、無理かなと思う自分もいた。しかし、週3回あの男性看護師をそばで見ていて、やっぱりこの人のようになりたいと思った。ただ僕は文系だった

し、機械は苦手だったので、臨床工学技士ではなく看護師になろうと思った。でも、その前にどうすれば自分の体に自信を持てるようになるのか、両親を説得できるのかを考えた。そこで、半年間風邪を引かない、学校を休まないという目標を自分の中で決めた。その目標を達成するために、毎日手洗い・うがいを欠かさずした。また、透析治療の翌日に体のだるさが残らないように水分管理を徹底した。その結果、半年以上風邪も引かずに、学校も休まなかった。その結果をもとに、もう一度両親に看護師になりたいことを伝えた。しかも、この時には、すでに両親には黙って医療系の進路コースを選択していたことを事後報告した。両親は、「仕方ないわね」と渋々了承してくれた。

次は、看護学校選びである。両親は、実家から通える学校を勧めてくれた。だが僕の中では、早く実家を出て自立したいという思いが強かった。それに、長い目で見た時に、両親が亡くなったあとは、全部自分がしないといけない。料理も覚えないといけないと考えていたから、実家を出て一人暮らしがしたかった。当時、4年制の看護大学が設立され始めていた。看護師になるために大学に行く時代になったんだと思ったが、僕の模試の結果では到底選択肢に入ることはなかった。そこで、実家から通える範囲にない学校を探せばいいのではないかと思い、パンフレットを集めて両親に見せた。

「ええと思うよ」

と父は意外な反応であったので驚いた。しかし、母は、

「料理はどうするのよ。野菜も水につけてから料理しないといけないし、塩分もちゃんと測らないといけないでしょ。あんたは料理は手伝ってくれるけど、自分で作ったことないやん。料理は大変なのよ、わかっているの」

と一気に捲《まく》し立てられた。ぐうの音も出なかった。僕は料理の手伝いはよくしていたが、盛り付けがほとんどで、自分で包丁を使って切ったりしたことはなかった。そこで、次の日からお弁当の卵焼きを作ることから始めた。最初は全然巻くことができずに、炒り卵になった。だが、毎日料理をしていると少しずつできるようになり、計量スプーンの使い方も味付けも母に習って覚えた。母は、

「コンビニのお弁当とかお惣菜などは食べないようにしなさいね。お野菜も細かく

切って湯でこぼしをしたり、水にさらしてしっかりとカリウムを抜いて食べるんよ。
それが約束できるんだったらええよ」
と言ってくれて、条件付きではあるが母の許可も得ることができた。

一生の看護仲間との出会い

僕が進学したのは、看護大学と短大を併設した大阪の学校だった。看護師、栄養士、理学療法士、作業療法士、臨床検査技師を育成する幅広いコースがあり、僕はここの看護短大看護第一学科に入学した。

入学当日、体育館で教科書等が配布されることになっていたので、着慣れないスーツに袖を通して、教科書が配布されるのを待っていた。周りは女性ばかりで、男性は数えるくらいしかいなかった。〝やっぱり、看護師は女性が多いなあ。一人くらい男性がいてもいいのになあ〟などと考えながら待っていた。すると、後ろから、

「なあ、看護第一学科やんな」

と、紺色のスーツを着たがっしりした体格の男性に声をかけられた。

「うん、そうやけど」

と答えると、

「俺も第一学科やねん。男って俺ら二人かな」

と聞かれたが、僕は知らなかったので、

「そうなんかなあ、よくわからへんけど」

と当たり障りない返答をした。改めてその男性を見たが、僕と同年齢には見えないくらいしっかりしていたので、〝やっぱり、大阪ってすごいなあ〟と勝手に思っていた。

すると、

「18歳やんな。俺は大学を卒業してるねん。そやから俺の方が5歳年上やな」

と話し、〝お兄ちゃんより年上やん〟と驚いた。しっかりしていた印象は大阪だからではなく、年上が理由であることがわかり何となく安心した。そして、その男性は僕の持っている教科書の束についていたネームを見て
「田中順也っていうんや。じゃあ、順也でええよな」

とすごくフレンドリーに話しかけてきた。これが、彼との最初の出会いであった。看護第一学科は60名おり、男性は僕と彼だけであった。そのため、いつも一緒に行動した。授業は隣に座り、昼食も一緒であった。昼食時は他学科の男性も数名いたので、よく休み時間に食堂の片隅でだべっていた。

看護のカリキュラムには、演習授業というのがあった。ベッドメーキングや寝衣交換や体位変換、車いすでの移動やベッドから車いすへの移乗、食事介助など多岐にわたっていた。僕はすごく物覚えが悪く不器用だったので、演習でなかなか合格点をもらえなかった。一方彼は頭もよく、演習も上手であった。透析治療には授業終わりに通っていたが、授業が延長した日は途中で帰らなければいけなかった。そのため、みんなに比べると演習が遅れていった。そんな時、彼は休み時間や治療がない日に一緒に付き合ってくれて、演習のパートナーをしてくれた。彼のおかげで、何とか合格点をもらうことができた。彼がいなかったら、演習の単位は落としていたと思う。

ただ彼とは、何度も言い合いもした。僕は自分では気がつかなかったが、困難なことや無理かもしれないということがあるとすぐに諦めてしまい、「仕方ないやん」と

言うのが口癖であったらしい。そんな僕に対して彼はいつも、

「なんですぐに諦めんねん、順也は。どうしたらできるかなんで考えないんや。もっと、できる方法を考えようや」

と言った。それは1回や2回ではなかった。例えば、内シャントのある左手は上から圧迫したり、荷重《かじゅう》をかけるとシャント血管が閉塞する恐れがあるためしてはいけない。ただ、体位変換や寝衣交換は内シャントに多少荷重をかけないといけない場合もあるため、〝患者さんのためやから、これくらいは我慢しないと〟と思い教科書通りの方法で演習をしていた。すると、それを見た彼は、

「内シャントを守りながら、患者さんも守る方法を考えようや」とアドバイスした。

「そんな方法なんかないわ」

と反発する僕をよそに、彼は左手を圧迫しないようにタオルや寝衣をどうすればいいか試していた。そんな彼の姿を見て、僕のためにここまでしてくれるなんて、ありがたいと思った。そして、彼のその諦めずに試行錯誤している姿から、〝病気があるからなんやっていうねん、諦めんなや〟〝病気があっても、もっと可能性を信じてチャ

レンジしろよ〟という熱い気持ちが伝わってきた。そして、シャントに負担をかけない体位変換や寝衣交換を二人で、あーでもない、こーでもないと言いながら考えた記憶がある。

彼は、今でも看護の第一線で活躍している。お互い家庭を持ち、一緒にお酒を飲んだり、遊びに行く機会はぐんと減った。しかし、会えばつい昨日まで会っていたかのように、何の違和感なく話ができる唯一無二の存在である。僕にとって彼は、学生時代は友人であり同級生であった。そして、僕から諦めやすい思考を取り除き、とりあえず一歩を踏み出すことが大事だと気づかせてくれた恩人であり、医療者の中でかけがえのない仲間でもある。

社会人になる中での洗礼

看護短大は3年制であったため、卒業後に就職する場合は就職活動、進学する場合は編入試験の準備を3年次には始める必要がある。僕は、早く働きたいと思ったので就職活動を始めた。就職活動には履歴書が必須だが、僕は履歴書の備考欄の部分に、「週3回血液透析で通院中」と書いた。僕は透析をしていることが悪いことだと思わなかったし、恥ずかしいとは思わなかったので正直に記載した。

僕の場合、就職を希望する病院は、通院する透析施設が職場の近くにあることが条件であった。そのため、働きたい職場よりも透析施設から探し始めた。

ようやく透析施設と働きたい病院が合致する病院を見つけることができた。学校の入学式以降着ていなかった背広に袖を通して、面接試験に臨んだ。緊張しながら面接会場に行くと、女性の面接官を真ん中にして、横には男性が二人座っていた。何を聞かれるのかドキドキしていると、真ん中の面接官が用紙に目を通しながら、僕の方をちらちら見ていた。〝よしっ、どんな質問でもこい〟と思い気合を入れ直していると、その人が、

「透析をされているんですね。普通、病気の人が看護師なんてありえないわよ」

と僕の目を見て言ったあと、横の二人に同意を求めるような仕草をして見せた。僕はいろんな質問を待っていたので、そのことばを聞いて何を言われているのか、すぐに理解できなかった。

〝病気のあなたが看護師なんてありえない？〟

〝病気があると看護師になれないのか？〟

〝そもそも僕に看護師は無理ってこと？〟

など、自分なりにその言葉を理解しようと思い、ロジカルに考えた。その結果、〝それだったら、3年前に言ってくれよ〟と、看護学校の入学試験時の面接官の顔が浮か

んだ。

そのあと、どのような受け答えをしたのか、全く覚えていない。ただ、横の二人が、「そうですよね、看護部長。普通、ありえないですね」と笑いながら言っていたのだけ覚えている。もちろん、後日その病院からは不採用通知が届いた。

その後もいろんな病院の就職試験を受けた。毎回、履歴書には「週3回血液透析で通院中」の文言はしっかりと書いた。だが、その後の就職面接は、全て1回目の面接のデジャヴであった。面接官が用紙（おそらく履歴書）を見ながら、

「透析をされているのですね。それだったら、看護師は無理ですね。肉体労働なので」

「患者さんは病気を持って弱い立場なのよ。弱い立場の人を弱い人が支えられるわけないでしょ」

「あー、田中さんはまだ21歳ですよね。まだまだ、いっぱい可能性があるから、別の学校に行き直したらどうですか」と。

悔しくてたまらなかった。面接官に言われたことも悔しかったが、何も言い返せない自分がもっと悔しく歯がゆかった。今の自分は、何も持っていない、無力だと感じ

た。今まで、両親や学校の先生、友人たちにどれだけ自分は守られてきたのかを改めて知った。これが、病気を持ちながら社会に出ることなんだと、社会の厳しさと自分の覚悟の甘さを痛感した。

ある看護部長のことば

ダウンコートが欲しいと思っていたが買いそびれ、数年前に購入した毛玉が少し目立ってきたコートを相変わらず僕は着ていた。今年の冬はこのコートで乗り切ろうと考えていた。学校の先生から呼び出しがあったのは、ちょうどそんな時であった。先生の研究室に入ると、

「就職試験はどう、いいところあった?」

と聞かれた。〝っていうか、どうしてあの時に病気があれば看護師になれないって言ってくれなかったんだ〟と心の中で言いたい気持ちを抑えながら、

「まだ決まっていないです」

と答えた。すると、

「まだなのね。じゃあ就職はいったん諦めて、進学する気はないかしら。田中さんは男性だし、将来を考えると学士や修士を取っておくと便利よ。まあ、1年待たないといけないけどね」

と大学編入の資料を出しながらおっしゃった。僕は、もうクラス全員が就職や進学が決まっており、僕だけ決まっていないことは知っていた。でも僕はその先生の好意を断った。なぜなら、先生の提案は僕の中で、何の解決にも前進にもなっていなかったからだ。進学しても、いずれ社会に出る、働かなければいけない。問題を先送りにするだけにしか感じなかったから、速攻断った。そして、もう一度だけ就職試験を受けようと決めた。ただそれでダメだったら、看護師はきっぱり諦めて、和歌山に帰って農業の手伝いをしようと考えていた。

最後と決めた就職試験も、履歴書には正直に透析を受けていることを書いた。

面接が始まった。女性一人と男性一人であった。〝あの女性は、看護部長さんだろうな〟と今までの経験から推測していた。その人が、用紙を手に取っているのが見えた。履歴書だろう。その光景を見ながら、過去の就職試験での面接官のことばや笑っている顔がフラッシュバックし、面接の緊張とは違うそれが襲ってくるのがわかった。この時、半分心が折れかかっていた僕は、耐えられずに言った。

「透析をしていたら、看護師は無理ですよね。できっこないですよね、やっぱり」

すると、用紙に視線を落としていた面接官が僕の方をじーっと見ながらこう言った。

「田中さん、病気があることが、患者さんに一体どういう関係があるというの」

僕は自分が何を言われているのか理解できなかった。言われたことを理解しようと考えていると、

「もう一度言いますね、看護師に病気があるとかないとかが、患者さんに一体どう関係があるというの。言ってちょうだい」

と怒っているかのように僕に聞いてきた。僕は、

「関係……、関係なんてないと思います」

と答えた。そして僕の返答に対してその面接官は、

「あなたもそう思っているんでしょ。だったら、二度とそういうことを言わないで」

と厳しくも優しい口調と表情でピシャリと断言した。その後、志望動機や、どんな看護師を目指したいのかという質問が出た。僕は何を答えたのか覚えていないが、一生懸命自分の考えを伝えた。初めてだった。就職面接でそのような質問が出たのは。過去の面接では、透析のことばかりが話題になっていたから。そして質問に答えている途中、言われた。

「ところで、あなたさっきからどうして泣いているの」

僕は面接の途中で泣いていたらしい。全く自分では気づいていなかった。

あの涙が何だったのか、今振り返ればこう思う。就職面接で病気を理由に看護師は無理とか、看護師以外の仕事を勧められ、不採用通知が届く毎日であった。そんな自分の努力ではどうすることもできない社会の壁の前で、僕は立ちすくんでいたと思う。そして自分の中で、〝腎臓が悪くて人工透析をしていると、一人の社会人として認めてくれないんだ〟〝自分は病気のせいで何もできない無力な人間だ〟と絶望していたと思う。自分に自信が持てず、自分にもこれからの将来にも諦めていた。そんなどん底で暗闇の中にいた自分に、その看護部長のことばは、叱咤激励と共に一途に光を示してくれたのだと思う。こんな小さな自分でも、無力な自分であってもできることがあるんだという喜び。それと同時に、看護師になることを応援してくれた両親やあの男性看護師のためにも頑張っていきたいという思いから、自然に出た涙だったのかもしれない。そして、後日僕のもとに、採用通知が届いた。

上司からの温かいことば

新入職者全体のオリエンテーションが終わり、各所属部署別に分かれた。僕は、集中治療室という重症患者さんが入院し治療する部署への配属が決まった。同じ部署の同期は4名いたが、2名は過去にこの病院で働いた経験があった。僕と同じ新卒者は僕を入れて3名であった。〝やっと働くことができる〟という胸の高まりを抑えながら、主任のあとをついて、集中治療室に入った。看護師は白衣というイメージがあると思うが、そこは青色のスクラブという服（汚れてもすぐに着替えることができる）であった。僕たちは白衣のまま、スタッフのみなさんに挨拶をして、更衣室でスクラブに着替えてから、集中治療室のオリエンテーションを受けた。オリエンテーションは3日間で終了し、その後は毎日先輩のあとをついて患者さんを受け持ちながら、さまざまな手技を覚えていく日々が始まった。

オリエンテーションが終了した日に、主任に呼ばれて、個室で面談をした。どうやら僕だけ呼ばれたみたいであった。主任から、透析日はいつなのか、何時までに病院を出れば治療に間に合うのかなど、病気や体のことを質問された。ありがたかった。就職したとはいえ、できることとできないことがあったため、僕からもしっかりと伝えた。すると、主任から、

「透析の時間は、しっかり確保できるように調整します。ただ、あなたをどういうふうに育成すればいいか迷っているから教えてほしい。患者さんの前では看護師である限りみんな同じ知識・技術を持ってもらいたいと私は思っているの。あなたは、どうなりたいと考えてるの」

と聞かれた。僕は、

「透析日の夜勤や残業はできないです。患者さんにとっては、看護師はみんな同じ看護師だと思っています。病気があるとかないとか、患者さんには全く関係ないことで

すから。だから、僕はみんなと同じように、知識も技術も身に付けたいと思っていま す」

と自分の考えを伝えた。主任は、頷きながら聞いてくれていた。

その後、看護師長とも面談があった。看護師長は男性であった。看護師長からは「どういった看護や看護師になりたいと思っているのか」という質問を受けた。僕は、自分が病気と付き合ってきた経験をケアに活かすことができる看護師になりたいことを伝えた。すると看護師長は、

「いい志だと思う。ただ、まずは一通りのことができる看護師になってほしい。正直、透析治療を受けながら仕事をすることには不自由があるかもしれないし、マイナスに感じることが出てくると思うねん。だから、人一倍の努力が田中君には求められるかもしれない。その時、自分が病気であること、透析をしていることを恨めしく思ったり、自分を否定したくなったりするかもしれない。だけど、その病気と生きてきた経験が必ず田中君の武器になる日が来るから。それを信じて、まずは一人前の看護師になってほしい」

と言った。僕はうれしかった。自分が透析しないためにいろんなことを我慢してきたことや、結果的に透析治療を行うことになった事実を認めてもらったような気がした。透析をしていても、看護師としてできることを証明したい、証明してみせるぞと誓った。

職場仲間のやさしさ

集中治療室にはいろんな医療機器があり、触るのも怖かった。でも、先輩の指導を受けながら、少しずつ医療機器の原理や使い方、観察方法がわかるようになっていった。透析には月・水・金の夜間に通っていた。夜間といっても18時までに透析病院に入らないといけなかった。つまり、17時ジャストには仕事を終えて透析病院に向かう必要があった。そのため透析日は、朝からフルスロットルで仕事をした。主任も決して僕のことを特別扱いはしなかったが、透析日の時は16時50分になると、

「田中君、あとどの仕事が残っているか教えて」

と聞かれるので、残っている仕事内容を伝えると、他のスタッフに振ってくれて、

17時には集中治療室を出ることができるように配慮してくれた。スタッフのみんなには申し訳ない気持ちでいっぱいであったが、その分、透析治療がない日に積極的に手伝うようにしていた。

半年も経過してくると、僕は同期の人たちと明らかに差がついているのを感じた。それは技術的な面もそうであるが、先輩方との関係性であった。みんなは仕事終わりに、先輩や先生方と、食事や飲みに行くなどして親交を深めていた。だが、僕は透析治療があったため、行く機会がほとんどなかった。また、業務終了後の勉強会にも参加できないことが多くて、知識面でも差がついているのを感じていた。だから誰よりも早く職場に入って、物品の場所の確認や勉強会の資料をパソコンから印刷して、遅れを取り戻そうと必死だった。それを見兼ねた僕のプリセプターが、他の先輩方に声をかけてくれて、ミニレクチャーを食事の時にしてくれたり、バドミントン部を作って誘ってくれるようになった。バドミントンをしながら、プリセプターが僕に言った。

「もっと、自分を出したらいいやん。透析しているしていないは関係ないで」

その時は、その先輩のことばにピンとこなかった。でも今考えると、どうして自分からもっと、飛び込まなかったのだろうかと思う。もしかしたら、透析をしている自分を一番特別視しているのは、僕自身であったのかもしれない。自分から心のハードルを下げれば、食事や飲みに行かなくても、コミュニケーションはもっととれたはず。プリセプターはそのことを僕に気づかせるために配慮してくれていたんだと、自分が指導者として働く中で初めて気づくことができた。主任や先輩、同僚のみんなのやさしさ、プリセプターの思いやりに溢れた職場で働くことができていたんだと今振り返り改めて感じている。

仕事と透析治療の両立

当時の僕の配属先は集中治療室（ＩＣＵ）で、月４回～６回の夜勤をしていた。透析治療は日勤終わりで行く場合もあれば、当直明けで行く場合もあった。透析病院は、職場から車で20分程度、自宅からは40分かかる距離にあり、当直明けで自宅に帰り仮眠をとると起きることができなかった。それが嫌で、当直明けは、透析病院に行くまでずっと起きていた。そのため、透析治療が始まるとすぐに寝てしまい、気がつくと治療が終わっていることがよくあった。

仕事と透析治療の両立で一番苦労したのが、食生活であった。看護学生の頃から自炊していたので、簡単なものは作ることができたし、母親が定期的にタッパーに料理を入れて送ってくれていた。しかし、それでも自炊できない日もあった。そういう時は、母との約束を破り、コンビニのお弁当やスーパーのお惣菜を買っていた。もちろん、品質の表示を見ながら、塩分が少ないものや生野菜や果物が入っていないものを選択した。それでも、血液データが上昇し、体重の増加量が多くなっていた。そこで、日勤帯のお昼ご飯は、自分でおにぎりをひとつだけ作って（具がなしで、塩もつけずに焼きのりを巻いただけ）、それを食べていた。水分も少なくするために、コップを小さめなものに変えたり、喉が渇いた時はお茶やお水ではなくて氷を口に含むなど工夫した。その結果、体重増加量も許容範囲を超えることはなかった。血液透析治療は、自分の目標体重が決まっており、その体重まで増えた水分を取り除く必要がある。そのため体重の増加量が多くなると、治療中の除水量が多くなり、体に与える影響が大きく血圧が下がることがある。その血圧低下は、翌日の勤務まで影響を及ぼすことも一般的には多く見受けられる。僕は、透析治療をしながらでも看護師ができることを証明したかったので、できる限り体重増加量を抑えて、仕事に支障をきたさないようにした。これは、職場の人に迷惑をかけたくない気持ちももちろんあったが、それ以上に僕のプライドでもあった。そのため、毎日の生活を楽しむという余裕はなかったと思う。

自己管理できないことへの看護師のことば

仕事も2年目になると後輩もでき、役割や責任が増えていった。所属部署の師長からも、

「新人を部署に配属するのは、部署にとってマイナスなことが多いし、それは覚悟している。ただ、2年目になった時に、マイナスからゼロになっていてほしい。ゼロからはあとはどれだけプラスになるかが大事。看護師にとっては2年目が勝負なんや」

と、1年目の中間面接で言われたことを強く覚えていた。〝早く一人前になりたい〟と思い、休みの日には教育セミナーにも参加していた。また夜勤の回数も増え、残業時間も多くなった。そうすると、自炊が全くできなくなってしまった。お昼のおにぎ

りすら作ることもできずに、コンビニエンスストアで買うようになっていた。〝こんなことではいけない、もっとちゃんとしないと〞と内心思っていたが、〝忙しいんだから仕方がないんだ、仕事なんだから〞と自分に言い聞かせていた。

外食の多くは塩分が多くて、それを食べると喉が渇きやすくなる。そうすると、お茶やお水をいつもよりもたくさん飲んでしまう。腎不全では尿が出ないため、水分制限が必要であるが、外食が多くなると摂取塩量や飲水量が必然的に多くなる。この頃、塩分・水分管理ができなくなっていた。透析患者は体重増加が多くなると、肺に水が溜まり溢水《いっすい》という症状が出たり、透析中の過度な除水に伴う血圧低下などの合併症が出やすいといわれている。そのため、透析室に行くたびに医師や看護師から、

「どうしてこんなに体重が増えるのよ」

と、体重増加量を見ながら言われていた。最初は、

「また、出来合いのもんを食べちゃったんです。すみません、気をつけます。次は頑張ってきますから」

と苦笑いしながら答えていた。しかし、その後も自炊ができない日々が続いたため、

体重増加量が多く、血液データも悪くなっていった。そのため、透析室に行くと、

「また、体重増えてるよ」

「この前、頑張るって言ったよね。あれウソやったん？」

「看護師やったら、どうすれば体重管理できるのかわかるでしょ」

「どうして頑張らないのよ、自分の体でしょ」

など、僕が何かを言う前に、捲し立てるように言われた。もちろん、僕の体を心配してのことだと思う。しかし頭ごなしに言われると、そのことばが全然僕には届かなかったし、辛かった。〝こっちだって頑張ってんねん。でも、できへんねん〟と心の中で思っていたが、それを口にすると言い訳みたいで嫌だったし、理解してもらえないと思った、ああいうことばを言う人たちには。そうすると徐々に透析室に行っても下ばかり向くようになり、誰とも話をしなくなった。唯一しゃべったのは、

「すみません、次また頑張ります」のひとことであった。

ただ、僕の中にすみませんという気持ちは、全くなかった。1ミリもなかったのだ。

僕の中にあったのは、〝誰も僕の気持ちをわかってくれていない〟という恨みにも似

た感情であった。自炊をすれば、体重増加量を減らすことができるのは十分わかっていたし、血液データもどうすれば改善するのかもわかっていた。でも、できなかった。今まで自炊しながら自己管理ができていたのに、それができない自分自身に対してすごくムカついていたし、苛立っていた。でも、そういう僕の気持ちを誰もわかってくれていないと感じていた。そこから、透析室に行っても挨拶もしない、誰とも目も合わさないという、いわゆるモンスターペイシェントに僕はなっていた。

医師のことばと僕の変化

僕は看護師として知識や技術を身に付けようと自分なりに頑張っていたが、一患者としてはモンスターペイシェントで医療者を困らせているという、おかしな状態になっていた。

その頃、やっと就職することができた病院であったが、自分がやりたい看護がようやく見つかり、職場を変わることになった。職場が変わったため、もちろん透析施設も変更した。職場も透析施設も変わったので、心機一転、自炊をもう一度頑張ってみようと心に決め取り組んでみたが、続かなかった。看護師の仕事は続けていたため、外食の日が多く、体重増加量も相変わらず多い日が続いていた。

ただ新しく変わった透析施設の先生は、今までの先生とはどこか違っていた。今までの先生は、体重増加量を見ながら、その増加量を評価した内容をいつも話していた。もちろん、新しい施設の先生も体重増加量を見ていたが、一言目が違っていた。この先生は、いつもよれよれになった白衣姿で、

「仕事、忙しくないか。ちゃんと休みは取れてるんか。休みの日は、体も頭も休みにしてるか」

と、体重増加量が多くても少なくても同じことばをかけてくれていた。僕は、今までの先生とは違うので、〝変な先生やな〟とずっと思っていた。そのため、話しかけられても最初は何も話さなかったし、目も合わそうともしなかった。そんな僕に対して、毎回その先生は、同じことばをかけてくれた。体重増加が多い日も、採血データが悪い日も、どんな時も同じであった。その先生のことばや立ち振る舞いに、〝この先生だったら、自分の気持ちを話してもいいかな〟〝僕の今の思いをわかってくれるかもしれない〟と思うようになった。そして、透析中の診察時に、今どんな仕事をしているのか、ご飯は何を食べているのかから話し始めた。そして、自炊をしたくても

できないこと、そんな自分に嫌気がさしてることなどを少しずつ話すようになった。先生は、いつも片方の手を白衣のポケットに入れ、もう片方の手で白髪の頭を掻いたりしながら、時折大きな頷きを返しながら笑顔で聞いてくれていた。そして、ある時、僕にこう言った。

「イライラする日もあるわな。まあ、いい時もあれば悪い時もあるで、生きていればな。頑張れる時に、頑張ったらいいと思うで。ただな、田中君、これだけは覚えておいてな。田中君の体重が増えたり、血液データが悪くなったりすると、田中君の体が心配なんや。それは私も、ここの看護師たちも同じなんやで。それだけは覚えておいてや」

今まで感じたことのないようなやさしいことばだった。でも、そんなやさしいことばもすぐには信じることができなかった。〝どうせ、口だけだろう〟〝自己管理ができなくなったら、今までみたいにできないことを責めるんだろう〟という思いが心の片隅に残っていた。その後も体重増加が多い日が続いたが、先生のことばも態度も変わらなかった。それは看護師の人たちも同じであった。その医療者たちのことばや立ち振る舞いを肌で感じる中で、〝この病院の人たちのことばに耳を傾けてみようかな〟〝もう一度自己管理を頑張ってみようかな〟と思うことができるようになった。自己管理ができないことを誰かのせいにして、そんな自分を卑下していたが、できるところから頑張ってみようと思えるようになった。この透析施設の医療者たちのことばで、〝こんな僕でもわかってくれる味方がいる〟〝今の自分をもっと好きになるために頑張りたい〟と心から思うことができた。この医師のことばから、人に寄り添い続けることばは、病人を〝ひと〟にすることができるということを教えてもらったような気がする。

結婚への葛藤と妻のことば

僕が透析治療を始めた30年前は、透析歴が30年を超える人は全国でもごくわずかであったらしい。その事実を、治療を開始した当時の透析施設の男性看護師から教えてもらった。ただ、その男性看護師は、

「これは今までのデータやからな、そんなに当てにならない。これからは、透析治療の性能がずっとよくなるから、もっと長く生きることができると思うで」

と言っていた。ただ、僕は15歳で治療を開始したため、僕の中では45歳を自分の寿命と考えていた。だから、大学に進学して仕事に就いたとしても、結婚は無理だろうなと思っていた。大事な人を残して先に逝くことはしたくなかったから、結婚はしな

い方がいいだろうなと考えていた。

妻と出会ったのは、就職してから通院していた透析施設であった。彼女が僕に針を初めて刺した時のことだ。僕の感覚として、針が血管に入っていないと感じた。

「すみません、針先に違和感があるので一度針を抜いてください」

と僕が言うと、彼女は、

「大丈夫ですよ、ちゃんと回ってますし、しっかり血管に入っています」

と言った。〝そうなんや、でも何かいつもと違うなあ〟と思っていると、

「あっ、やばっ」

と小さな声を出して、彼女が機械を急に止めた。針先に目を向けるとプクっと腫れあがっており、やはり漏れていた。

「すみません、最初順調だったんですけど、漏れたみたいなので、一度針を抜きますね」

と言って針を抜いた。〝だから言ってるやん。腹立つわ。こっちの方が透析の経験長いっちゅうねん〟と心の中で怒りを感じたが、向こうは冷めた顔で、「大丈夫です」と言ったのを記憶している。

つまり、妻との出会いは最悪であった。僕は透析室ではどのスタッフともほとんど話さなかったし、先生や看護師も話しかけてこなかった。しかし、彼女だけは話しかけてきた。だが、いかんせん第一印象が僕の中で最悪だったので、正直困った。ただ、年齢が近いということや看護師になって2年目というのも僕と同じであったので、徐々に話をするようになり、自然な流れでお付き合いが始まった。もちろん、透析施設には内緒であった。

付き合ってから3年が経過し、僕は家庭の事情で実家に帰ることになった。大阪と和歌山という、ちょっとした遠距離恋愛になった。付き合いも長くなり、僕はずっと彼女と一緒にいたい気持ちが強くなったが、自分の病気のことがどうしても引っ掛かっていた。腎臓病は子どもができた場合、遺伝する可能性もゼロではない。また、彼女と付き合っていたこの頃は、透析を開始して7年が経過していた。透析治療は元気になるというメリットがある反面、長期に行っていると血管が硬くなったり、関節が痛くなるなどの合併症が生じやすくなり、普段の生活に支障が出たり、大きな合併症が出やすい。そのため、透析患者の平均余命は諸説あるが、一般人口の平均余命に比べると半分程度といわれている。このように、僕は結婚することは、相手に対してデメリットしかないと考えていた。そのため、結婚は無理だと諦めていた。このような僕の気持ちを彼女は察してか、ある日将来のことを話している中で、

「透析しているから好きになったんじゃなくて、たまたま好きになった人が透析していただけやで。それに、私が急に病気や事故で死んじゃうこともあるでしょ。難しいこと考えないで一緒にいようよ」

と笑顔でバシッと言われた。そして彼女は、結婚したらいろんなことができるんだということを「じゅんちゃん、これできるでしょ、あれもできるやん。結婚したら、いっぱいできることあんねんで」と、両手の指を折りながら僕にいっぱい伝えてくれた。

彼女は病気のためにできないことを数えたり、今後起こりうるリスクを心配するのではなく、できることや広がる可能性に目を向けていた。その姿は、まるで看護学校

で出会った仲間を彷彿とさせた。僕は、彼女のその姿に圧倒された。僕は病気があってもできることがあると考えていたが、その自分の考えがまだまだ小さくて狭い世界であったと気づかされた。女性が強いのか、彼女が強いのかわからないが、その彼女のことばと姿で結婚を決めた。

緊張と爆笑の両家挨拶と結婚生活

彼女との結婚を心に決めた僕は、まず自分の両親に彼女を紹介した。数日前に母に電話で、「会わせたい人がいる」とだけ伝えていた。実家までは高速を使って約1時間で到着した。家には、畑仕事を休んだ母だけがいた。父が見当たらないので尋ねると、恥ずかしいから畑に行ったと母が笑いながら言った。〝もう、大事な時に何してるん〟と心で思ったが、口にはしなかった。家に上がると、リビングはいつもより格段にきれいに片づいていた。母に彼女を紹介する時に、僕は「お付き合いしている人だ」と伝えた。母は彼女に簡単な挨拶を済ませると、お客様用のティーカップに紅茶を入れ、家で作っていた青いレモンを添えて出してくれた。彼女は緊張していたが、僕も緊張していた。いつ、「結婚」の二文字を出そうかとレモンティーを飲みながら考えていると、家の前に軽トラが止まった。軽トラの音で、父だとわかった。いつもならすぐに家に入ってくるのだが、なかなか家に入ろうとしない。コンテナを出しては片づけるを繰り返していた。それを見ていた母が、

「何恥ずかしがっているのよ。早く入ってきなさいよ。順也が彼女を連れてきたんだから。もう、早く」

と父を急かしていた。彼女はそのやり取りを見ながら、

「仲がいいんやね。お義父さん、面白い」

と僕にだけ聞こえる声で言いながら笑っていた。父がリビングに入ってきて自己紹介をしたが、ズボンもシャツも土で汚れており、いつもの父がそこにいた。その姿を見て、僕は恥ずかしさもあったが、安心した。その安堵の気持ちのまま、

「彼女と結婚したいと思っている」

と両親に伝えた。父は、「そうか」とだけ言って母が出した麦茶に手を伸ばしていた。母は何度も頷きながら、「そう、結婚したいって思っているんや」と言った。僕はもっ

と喜んでくれると思っていたが、その二人の様子に面食らった。母は僕に、

「向こうのご両親には、もう挨拶に行ったの」

と尋ねた。まだ正式な挨拶はしていないが、何度も彼女の実家には遊びに行かせてもらっており、付き合っていることは彼女の両親も知っていることを伝えた。母は、

「そう、そうなんやね」

と言って彼女の方を見て、確認するように問いかけた。

「この子が、腎臓が悪くて人工透析しているって知ってるの」

「そんなこと、もう知ってるよ。わざわざ聞かなくてもいいやん」

と僕が言うと、

「あんたには聞いてないの、この娘《こ》に聞いてんのよ」

と僕の言葉を遮り、彼女の方を真っすぐに見て言った。彼女も母の質問に対して、

「順也さんが透析していることは、もちろん知っています。私は透析室で働いていますので、腎臓病のことも知っています」

と小さな声であったが、はっきりと答えた。

「透析していたら、食事も大変よ」

　母が重ねて尋ねると、

「野菜を水にさらしたり、湯でこぼしたりですよね。手間ですけど、慣れたら大丈夫だと思います。料理は得意じゃないけど、食べるのは大好きです」

　と彼女も答えていた。顔を真っ赤にしながら一生懸命答える彼女を見て、母は初めてにこっと笑い、

「この子は、好き嫌いが多いから大変よ。よろしくお願いしますね」

　と彼女に頭を下げると、彼女も、

「こちらこそ、よろしくお願いします」

　と母と父に頭を下げ、僕も父と母に頭を下げた。父を見ると麦茶を半分飲んで、また軽トラに乗って畑に向かった。


　続いて、彼女の実家に僕が正式に結婚の話をする日が来た。「決戦は金曜日」という歌があるが、「決戦は土曜日」に決まった。いつもジーンズ姿で遊びに行っていたが、

この日はスーツを着て彼女の実家に向かった。車の中では、〝普通は結婚に反対するよな。わざわざ治らない病気を持った人と結婚させる親なんていないよな〟〝反対されたらどうしよう〟〝何と言おうか〟など悪いイメージしか思い浮かばなかった。もちろん、何度も彼女の実家には遊びに行かせてもらっており、交際は認めてもらっていた。でも、結婚となると話は別だと考えていた。悪いイメージと緊張で押しつぶされそうになりながら、駐車場に車を駐めた。いつもなら1回で駐車できるのだが、何度もハンドルを切り返した。彼女に到着のメールを入れ、彼女の実家へ歩いて向かっている間も、同じことを考えていた。玄関は開いており、

「こんにちは、田中です。お邪魔します」

といつも通り言って玄関で靴を脱いだ。その時に、初めて口の中がサハラ砂漠のように水気がなくなっていることに気がついた。彼女は3姉妹の真ん中であり、その日はご両親とお姉さん、妹、それに愛犬のコタロー（黒色のラブラドール・レトリバー）がいた。家に入るといきなりお姉さんが、

「あれスーツやん、どうしたん。じゅんちゃん、まさか、結婚の挨拶とかするん」

と家族みんなに聞こえるように言ってきた。思いもよらぬ、先制パンチであった。

僕は顔が真っ赤になるのがわかった。すると彼女が、

「お姉ちゃん、うるさいわ。もうどっか行っといてよ」

と言った。すると、ジャージ姿で寝癖頭の妹が僕のところに来て、

「じゅんちゃん、ゆきねえと結婚すんの。おめでとう。えっ、いつするん」

と言うと、リビングで化粧を始めた。先制パンチに次ぐ、ボディーブローだ。

「ちょっと、あんたもいいかげんにしいや」

と彼女は妹の背中をたたいた。するとコタローが尻尾を振りながら僕に飛びかかってきて、遊ぼうアピールをしてきた。この日のためにクリーニングに出したばかりのスーツが、しわくちゃになった。ここまでめちゃくちゃ緊張していたのだが、姉妹とコタローの先制攻撃を受けて、その緊張はどこかに吹き飛んでしまった。台所ではお義母さんが料理をしており、お義父さんはリビングでテレビのチャンネルを変えていた。事前に彼女と相談し、食事が終わってから結婚のことを言う段取りにしていた。

しかし、姉妹とのやり取りやいつもと違う僕の様子を見てお義母さんが、

「今日、話あるんやろ。先に話してよ」

と料理の手を止めてリビングに来た。僕は心の中で〝えっ、いきなりですか、お義母さん。心の準備がまだ……〟と、想定外のことに焦ってしまった。しかし、意を決して、

「結婚させてください」

と立ち上がって言った。するとお義母さんが、

「ねえテレビ消してよ。全然聞こえなかった」

とお義父さんにテレビを消すように促した。

「じゅんちゃん、もう一回お願いしていい。あんたもこっちに座って」

とリビングでくつろいでいたお義父さんを椅子に座らせた。〝えっ。もう1回言うの、マジで、えー〟と心の中で思いながら、ご両親の攻撃にダウン寸前であった。しかし、気を取り直して、

「結婚したいと考えています。結婚させてください」

と少し噛んでしまったが、今度は二人の目を見て言うことができた。〝反対され

る〟〝何て説明したら理解してもらえるかな〟と頭の中で考えていた。すると、横から彼女が、

「反対しても、じゅんちゃんと結婚するからね」

と間髪入れずにご両親に言った。妻の言葉はうれしかったが、〝今は僕の戦いだ〟〝それ、今言う？〟という思いが強かった。すると、お義母さんが、

「反対なんか、せえへんよ。ええよ、よろしくね。この娘が決めたことやからね。いいでしょ」

とお義父さんにも確認していた。お義父さんは、

「反対も何も、二人が結婚したいって言うんやったらいいよ」

と頷きながら言ってくれた。うれしいというか、拍子抜けした。反対された時に備えて、説明しようと思っていたことが吹き飛んでしまった。僕は恐る恐るご両親に、

「あの、僕が透析していることはご存じですよね、透析ですよ……」

と顔色を見ながら確認すると、

「うん、聞いているよ。どんなものかよく知らないけど、じゅんちゃん大変ね。でも、

病気がある人なんていっぱいいるやん。この娘もそれを知って一緒になりたいって言ってるんだから問題ないでしょ。じゅんちゃんも気にすることないよ。結婚する上で、病気があるって、たいしたことじゃないで。結婚してから病気になる人なんて、なんぼでもいるんやから」

と笑いながら言ってくれた。そのことばを聞いて、ありがたいと思ったと同時に、彼女のことを大事にしないといけないと心に誓った。ただ、その僕たちのやり取りを、お姉さんと妹が一部始終見ており、結婚後もいじられるネタになったことは言うまでもない。

妻と結婚し僕が大きく変わったのは、物事の捉え方かもしれない。僕は何をするにも、失敗したらどうしようとかマイナスなことをまずは考える傾向がある。そして二の足を踏んでしまい、一歩踏み出すタイミングが遅れたり踏み出さずに終わる。そんな自分に失望したり、自己嫌悪に陥ったりする。だけど妻は、最初から失敗のことはあまり考えずに、まずは自分の気持ちや感情を優先して行動するタイプである。失敗に終わっても、諦めずに最後までやり切る。そんな妻の姿を見ていたからこそ、看護師になってから大学院に進学し専門看護師の資格を取ったり、仕事でもどんどん新しいことにチャレンジしようとするようになったのだと思う。

腎臓移植を受ける

腎臓移植には、生体腎移植と献腎移植がある。生体腎移植とは、ご家族や親類から腎臓の提供の申し出があった場合に受ける方法である。一方献腎移植とは、臓器移植ネットワークに登録をして、自分の腎臓に合うドナーが見つかった場合に受ける治療方法である。僕の場合は、兄も父親も腎臓が悪かったので、生体腎移植は困難であった。そのため、透析治療を開始したと同時に献腎移植の登録をしていた。ただ、献腎移植は昔から宝くじが当たるみたいなものといわれるくらい、順番が回ってくること自体が非常に困難とされている。

それは、突然であった。その日、僕は休みであり、妻は仕事に出かけていた。僕の家では、休みの方がその日の料理担当というルールにしていた。お昼ご飯を食べ、冷蔵庫のストックを見て晩御飯の献立を決め、スーパーで買うものをメモし今から家を出ようとした時に、家の電話が鳴った。電話に出ると、

「日本臓器移植ネットワークですが……」

という声が受話器から聞こえてきた。〝あっ、移植の話だ〟とすぐわかり、一気に心拍数が上がり、受話器を持つ手に力が入った。

「田中順也さんはご在宅ですか」

「はい、田中は私です」

「確認ですが、献腎移植の登録をされていますが、今でも腎移植はご希望されていますか」

「はい、希望しています」

「実は、田中さんの腎臓にあったドナーが見つかったと連絡がありました。腎臓移植の意思があるということですので、後ほど臓器移植をご希望されている施設から連絡がくると思うので、少々お待ちください」

と言って電話が切れた。その瞬間、いろんなことを考えた。〝職場に電話？　妻に電話？　実家に電話？　晩御飯はどうする？〟など。何からしていいかわからずにいると、電話が鳴った。2回目のコールでとった。すると、男性の声で、

「腎臓移植が決まりましたので、今から入院の準備をしてください」

と言われた。僕が、

「もう決定ですか？　エントリーは1番ってことでしょうか」

と質問すると、

「先ほど、移植を希望するという連絡があったのですが。ご希望でいいんですよね」

と逆に質問をされた。

「はい、そうですけど」

と答えると、気をつけて病院に来るように念を押された。そこから、妻の職場に電話して、移植が決まったこと、今から移植病院に行くことを伝えた。妻は驚いていたが、仕事の調整をするから気をつけてと言われた。そして、実家と職場にも連絡した。入院の準備をしながら、妻は晩御飯をどうするのか気になった。

タクシーに乗っていると上司から電話があり、仕事の調整をしてくれたこと、仕事のことは気にしないでいいと励ましをくれた。タクシーから外の景色を見ながら、移植を即決できた自分に驚いていた。僕の中で〝今度お話があった時は、何が何でも受けよう〟と決めていた。

実は、移植の電話があったのは今回が初めてではなかった。1回目は、22歳の時で夜勤をしていた。職場に電話があったが、連絡ミスで僕に伝わらずに話がなくなった。2回目は数年前であった。人間には腎臓が2つあるため、献腎移植の時は2名の方に移植される。その時、移植病院から1回目の電話で、

「エントリー6番目であるため、上位で移植を辞退された場合は田中さんに順番が回ってくるのでお待ちください」

と連絡があった。その15分後に再度電話があり、

「エントリー2番目に上がりました」

という連絡と同時に、提供された腎臓にやや問題があるが、移植を希望するかの意思確認であった。僕は透析治療に苦痛をそれほど感じていなかったので、辞退した。

その半年後、再度移植の話を頂いた。その時は、専門看護師の資格を取って初めての大きな講演会が2週間後に控えていた。そのため、その話も辞退した。〝仕事だから仕方ないんだ〟と自分の中で自分に言い聞かせていた。でも、移植というのは亡くなった方の最期の意思であり、ご家族がいればそのご家族もその意思に賛同した結果である。そのことを考えると、なぜ自分の都合で断ったんだという気持ちが大きくなり、自分を責め自己嫌悪になった。そして、その時に決めた。もう腎移植の話はないかもしれないが、もし話があった時は何が何でも断らずに、そのご好意を大切にしようと。

結婚して12年目のことであった。

移植後の入院生活

移植病院に着き、今後の予定を聞いた。移植手術は明日の朝から開始と決まった。その前に、まず透析治療を受けた。透析治療が終わり病室に帰ると、妻が来ていた。カバンからタオルや下着などをロッカーに移していた。

「本当に、移植するんやね。怖くないの」

と心配そうであった。

「寝ているだけやし、痛いのも時間が経てば治る『日にち薬』やから大丈夫やで。急なことでいろいろごめんな」

と言うと、

「じゅんちゃんが決めたことやから、応援するよ。家のことは大丈夫」と僕の足を人差し指でつつきながら言った。〝手術が成功する根拠はないし、失敗して今までできていたことができなくなるかもしれない。でも、それ以上にドナーの方やその家族の気持ちに応えたい〟と言おうと思ったが、妻の心配を助長させるかもしれないと思ってやめた。その後、別室で医師から説明を受けた。部屋に帰るともう日付が変わっていた。

次の日、朝8時に手術室に入ることが決まった。6時に両親と兄が和歌山から来てくれた。その後、妻も病室に来てくれて、みんなに見送られながら手術室に行った。手術室に横になった時、腎生検で手術を受けた時のことを思い出していた。〝あの時の先生は今どうしてるんだろう〟と考える余裕もあり、意外に緊張していない自分に驚いた。

「田中さん、終わりましたよ」

と遠くの方から女性の声が聞こえてきた。目を開けると手術室の時計が12時を指していた。手術前に6時間かかる場合があると聞いていたので、4時間で終わったんだと思った。ベッドが動いているのがわかり、手術室の天井が見えた。そして、ドアが開くと、ベッドを押していた看護師が、

「ご家族の方が会えるのは、ここまでです」

と、妻たちに言っているのが聞こえた。家族みんなの顔が見えた。妻の顔が見えた時に、大丈夫だという思いで右手でVサインをしたが、後日、妻には僕の渾身のVサインが見えていなかったことがわかった。

手術後、1週間は感染の問題があり、面会謝絶であった。献腎移植の場合は、移植後すぐに尿が出ないため、数回透析治療を受けるのが一般的である。ただ、僕の場合は移植後すぐに尿を認めたため、術後透析治療を受けたのは1度だけであった。術後の傷の痛みはある程度予想していたので、痛みがあっても自分の中で対応できた。しかし、なぜか傷ではない下腹部の痛みが定期的に襲ってきた。〝なんだろう、この痛みは〟と考えていると、医師から、膀胱が収縮している痛みだということを聞かされた。医師によると、透析患者は尿が作れないため、膀胱はその役割を果たさなくなり、

どんどん萎縮し硬くなるそうだ。それが、移植したことで尿が溜まるようになり、萎縮した膀胱が広がろう、広がろうとしている痛みだそうだ。その痛みの存在が、術後の僕を一番悩ませた。間歇《かんけつ》的に襲ってくる痛みに耐えながら、僕はベッドで天井や窓から見える空を見ながら、今の自分を俯瞰しながら見ていた。自分の今までの体験や仕事のこと、家族のことや妻のことなどを考えながら、自分がこのあとどうありたいのかを考えていた。しかし、考えながら何ともいえない痛みが何度も襲ってきたので、考えがまとまらなかったし、今すぐにまとめる必要もないと感じていた。

手術を受けて1週間後に面会解除になり、大部屋に移った。検査の結果、僕の膀胱は30ミリ尿が溜まると尿意を催すこと、膀胱の萎縮が緩和し正常の大きさに戻るまで時間がかかることがわかった。尿道カテーテルを抜いたあと、10分おきに尿意を催したため、不眠になった。また、日中もおしっこが漏れるかもしれないと思ったため、成人用の尿パットを妻に買ってきてもらい、使用していた。移植病院には、看護学校の仲間である男性看護師が働いていた。退院の目途がつき、メールで彼に連絡すると、退院する前日に病棟で会うことになった。彼は午後から病棟に来てくれて、談話室み

たいな大きな部屋で向き合って座った。彼の頭には白いものが交じり、年月が経ったんだと感じた。ただ彼の第一声が、

「連絡サンキュウな。ほんで、体調どうなん」

と僕が知っているポップな感じであった。その話し方や声のトーンが、看護学生時代と全く変わっておらず安心した。彼は、自分のことはあまり話さなかった。ひたすら、手術して体調がどう変わったのか、気持ちがどう変わったのか、奥さんに対してどんな思いでいるのか、仕事はこれからどうしていくのかなど気にかけてくれた。気遣いは一歩間違えると、相手に圧迫感や困惑感を与えるものだが、彼の気配りはすごく温かく心地よかった。彼と話しながら、今の自分の気持ちに気づいたり、今後、人として看護師としてどうありたいかなどの気持ちの整理にも繋がった。彼は全く言葉が整理できていない僕の話を、黙って聞いてくれていた。何年も話していなかったのに、会ってしゃべると何でも話すことができた。やはり、彼はかけがえのない大切な仲間だと改めて気づいた。

腎移植後の葛藤と看護師のことば

退院後は感染予防の観点から、3ヶ月間は家で療養するように言われた。腎臓移植をしたんだという実感を持ったことは2度あった。1度目は、術後4日目のことだ。術後2日目から食事が開始となったが、最初は〝病院食って味も薄いし、おかずが少ないよなあ〟と思いながら食べていた。ただ、4日目におかずを食べていると〝あっ、これうまっ〟と感じた。味付けが濃く感じたし、うまみもたくさんあった。僕は初めて病院食を完食した。食後、病室に来た看護師に、

「移植をすると普通食に変わるんですね。すごくおいしかったです」

と伝えた。すると、看護師はパソコンを打ちながら

「よかったです、塩分も多くなったからおいしいんですね」

と言って部屋を出ていった。しばらくすると、その看護師が慌てた様子で部屋に引き返し、訂正してくれた。

「田中さん、さっき普通食って言っていましたよね。すみません、私間違っていました。移植後は普通食じゃなくて、高血圧食です。なので、塩分は腎臓食と同じでした」

〝じゃあ、おいしいと感じたのは気のせいだったのか〟と思った。しかし夕食を食べた時には、お米や人参、しいたけの味をすごく濃く感じた。〝お米って、こんなに甘かったんや〟〝人参って、味濃いなあ〟と思いながら、腎移植をして尿毒素の蓄積で鈍麻していた味覚が改善したのだと思い、腎移植したんだという実感を持つことができた。

2度目は、透析中にベッドに横になりながら見ていたテレビ番組を、家で妻と見ていた時であった。移植前は透析室のベッドに横になり、イヤホンをしながらテレビを見ていた。大笑いすると周りに迷惑をかけるので面白くても声を出すことを我慢していたのが、妻と一緒に大笑いしながら見ていた時であった。〝声出して笑ってもいいんや〟と思いながら、本当に腎移植をしたのだとしみじみと感じた。23年ぶりに透析はしなくてよくなったが、移植した腎臓を守るために免疫抑制剤を1日2回飲むことになった。僕は携帯のアラーム機能を使って忘れないようにした。病院には、月1度通院していた。退院後は妻が仕事して、僕が家事を全て行っていた。料理本を見ながら、妻が好きそうな料理を作った。透析をしていた頃は、週3回も一緒に夕飯を食べることはなかったが、移植後は毎日二人で夕食を囲んだ。妻は時々、

「今日も一緒に夕飯を食べているね」

とうれしそうに言った。僕は妻に、毎日どれだけ寂しい思いをさせていたのだろうと反省した。ただ、当初3ヶ月の療養を言われていたが、仕事に早く戻りたいという思いから、医師に直談判し2ヶ月で職場復帰した。仕事中、2時間の会議もあったことから、尿パットを当てる毎日であった。免疫抑制剤も忘れないように細心の注意を払っていた。僕の中で、頂いた腎臓を守るために自己管理をしっかりしないといけないと思っていた。しかし、その思いが自分の中でどんどん大きくなり、毎日がしんどくなってきた。正直、移植したことがこんなに精神的にしんどいとわかっていたら……という気持ちになっていた。今振り返ると、移植するまでの自己管理は自分のた

めであり、自己管理ができないとそれは自分自身が悪く、自分に全て返ってきた。でも、移植後の自己管理はドナーの方やそのご家族の思いに応えないといけない、裏切ってはいけないという責任が大きくなっていった。また、自己管理ができなければ頂いた腎臓を悪くしてしまうため申し訳ないという思いが強すぎたのかもしれない。ただ、その移植後の辛さや後悔の思いを誰かに話すことは、ドナーの方やそのご家族の好意を踏みにじる行為であると考えていたし、腎移植を待っている方にも失礼だと思っていたので、誰にも言えずにいた。そんな気持ちの変化に気づいていたのが、月1度通院していた外来の看護師であった。この看護師は移植病棟の師長でもあったため、入院中からよく話をしていた。ある日、その看護師がやってきて僕にこう言った。

「最近、笑顔が少ないね。何か悩みでもあるの」

「いえ、仕事が忙しいだけですよ」

と、自分の悩みを言えずにいると、その看護師は、

「データから見ても薬を忘れずに飲んだり、感染予防対策もきっちりできているね。田中さんはドナーの分まで元気でいないといけないって思っているんじゃない？　も

ちろん、大事なことよ。でも、ドナーの方の分までと思いすぎちゃうと、向こうも迷惑じゃないかな。田中さんが元気でいることはもちろん大事やけど、幸せでいることがドナーの方への恩返しになるんじゃないかな。私はそう思うよ」

と言ってくれた。僕は、自分の心の内を見透かされているような気がした。

「えっ」

と何か言おうとすると、

「よく知らんけどね」

と笑顔で言ってくれた。その一言で気持ちが楽になった。もちろん、ドナーの方には感謝しているし、その方やご家族の同意がないと今の僕はいない。ただ、自分が笑顔でいることや幸せであると感じることを今は大切にしている。

病気を語るということ

僕が自分の病気を語ろうと思ったのは、幼少期からの病気を持つ人に対する周りの対応というか、関わりに違和感を覚えたことが発端である。なぜか幼少の頃は、病気であることを隠したり、声を大にして言うことは、タブー視されていたように思う。例えば、小学生の時に、腎臓の増悪《ぞうあく》を抑えるために療養生活が必要であることが判明したが、どうしてその時に学校の教師や友達に病気のことを話さなかったのだろう。おそらく、僕の知らないところで話していた可能性はあるが、当事者抜きで話をすることに、一体何の意味があるのだろうか。体験や経験は、もちろんそれを体験した人自身が感じるため十人十色で、さまざまな感じ方や受け止め方がある。ただ、当事者の語りを抜きに話し合う場を持つのは、本末転倒だと思う。病気を持つとは一体どういうことなのか、病気と共に生きるとはどういうことなのかを正しく伝えたいと思うようになった。そういう体験の積み重ねが、将来、自分の病気を自分のことばで語り伝えたい、という気持ちを強くしていったのだと思う。

今ではSNSやユーチューブなど、情報発信のツールはさまざまある。しかし、その当時(大学院に通っていた30歳の時)は、語るといってもその方法や手段がわからなかった。そんな時、ある学会に参加し、講演の合間に企業展示場を歩いている時のことだった。他の企業展示は、大きな旗や派手なポスターが飾られて、いかにも人目を引き付けようとしていた。しかし、その中の一角に旗もなければ派手なポスターもないブースがあった。そのブースにはただ、「患者スピーカーバンク」とだけ、黒字で書かれてあった。目を疑ったが、それしか書いていなかった。僕は、そのブースに立ち寄ってゆっくり話を聞く勇気はなく、パンフレットだけをもらった。そこにはこう書かれていた。

「困難な経験の中には、それらを語る患者や患者家族にとっても、語りを聞いた人にとってもプラスに繋がるヒントが含まれています。それは、病気や障がいを通して得た経験に、価値があるからです」

この文言がその時、すごく気になった。しかし当時、大学院の課題研究などが忙しくてすぐに行動に移せなかった。しかし、専門看護師の資格を取得したあとに、本格的に自分の経験を語りたい、伝えたいと思い、数年前にもらった患者スピーカーバンクのパンフレットを思い出し、研修に参加した。そこでは、Ｉ型糖尿病やがん疾患を持っている方、血液疾患や脳血管疾患、消化器疾患など多岐にわたる病気を持ちながら生活されている方に多く出会った。もちろん疾患が違えば体験する事柄も異なるが、同じ疾患であっても、それぞれ体験する年代が違えば感じ方や悩みも異なり、いろんな世界があるんだと知った。例えば血液疾患を持っておられる方の体験では、働き盛りの方が発症すると今の仕事や家族の問題が中心になってくる。しかし、青年期の人が血液疾患を持つようになると、就学や就労などの問題が大きなウエートを占めていた。ただ、概ね全ての方に共通していることがあった。それは、今までの自分の体験を意味のあるものにして、誰かに伝えたいということである。そこには、自分の苦労話を自慢し、多くの人に同情してほしいという思いではなく、自らの体験を誰かに伝えることで、その話を聞いた誰かの新たな気づきになってほしいという、一歩踏み出したい気持ちがあった。そういう人たちを見て、僕は勇気をもらえたと同時に、自分であれば何が伝えられるのか、何を誰に伝えたいのかを繰り返し考えるようになった。

研修では、今までの人生曲線を描きながら、幼少期の体験を振り返りながら、その時の気持ちや感じたことを思い出しては紙に書き出す作業を何度も何度も繰り返し行った。その中には、思い起こすのが辛い体験もあったし、考えるだけで悔しく悲しい気持ちになることもあった。しかし、人生のさまざまな場面でいろんなことばに支えられて、前向きになったり一歩踏み出す勇気をもらえたりしたことで今があるのだと感慨深くなった。そして、病気を持つことで確かに不都合や煩わしいこともあるが、「決して不幸せではなかったな」という結論に至った。病気を持ちながら高校受験をしたり、看護学校に行き看護師になったと言うと、「すごいね」「大変やったね」「よく頑張ったね」と声をかけられる。しかし、自分の中では何ひとつすごくもないし、人一倍頑張ってきたことはないというのが本音であり、病気がない方でもたくさん頑張っているという思いが強かった。病気を持つことも、病気を持ちながら何かをすることも決して特別ではない。ただ、病気を持ちながら生きる悩みや不安は、時として一番身近にいる家族や友人にも相談することができない場合もある。それは、言いたくないのではなく、過度な心配をかけたり不安にさせたくないからである。じゃあ、その時に誰に話をしていたか、誰が自分の悩みや不安に気づいていたのかを考えると、それは僕にとっては医療者であった。看護師や医師、薬剤師や管理栄養士、リハビリのスタッフなどいろんな職種の医療者になら、悩みを打ち明けることができるのだ。やっとの思いで打ち明けた思いや感情をありのままに受け止めてくれる医療者であれば、本音を話すことができたし、その医療者のことばには大きな力があるのだと思った。医療者には、そのことに気づいてほしい。あなたのことばで、救われている方がたくさんいるんだということ、あなたのことばをきっかけに一歩を踏み出すことができた人がいるんだということを。

僕は看護師だ。自分のありのままの体験を同じ医療者に伝え、病気を持つ人は一体どういう体験をしており、医療者のどんなことばに心を痛め、そして勇気をもらったのかをお伝えしたい。そして、今多忙を極める医療者に、自らの仕事に誇りを持って元気になってほしい。そして、これから医療者を目指す人には、医療職という仕事は素敵なんだということをお伝えしたい。

自分の経験から思う看護師という仕事

看護師という仕事に対して、「白衣の天使」や「８Ｋ」などさまざまなイメージを持たれている方が多いと思う。私は看護師になって25年経つが、自分のことを白衣の天使だと思ったこともなければ、８Ｋだと感じたこともない。ただ言えるのは、看護師とは患者さんの人生の中でも、しんどかったりきついと感じたりするほんの一瞬に立ち会うことができ、共に歩んでいくことができる稀有な仕事であるということだ。大げさかもしれないが、その人の人生のターニングポイントになるかもしれない瞬間に、そばにいるのが看護師だ。看護師には想像力が求められると思う。その想像力を豊かにするためには、自分自身でさまざまな経験を重ねることが重要である。日々、患者さんと接する中で、患者さん自身の思っていることや体験を伺うと、改めて自分自身の視野の狭さや考えが浅いことがわかる。看護師が多忙であることは、実際に看護師をしているのでよくわかる。患者さんの話を伺いたくても、そばにいたくても物理的に難しいことは往々にしてある。ただ、そこで立ち止まっていると、患者さんに本音を話してもらったり、懐に入れてもらったりすることはできない。患者さんは、自分のことを聞いてもらいたいと思っているのではないだろうか、話したいと思っているのではないだろうか。日々働いていると、ふと小学6年生の時の、「氷が解けるとどうなる」の質問を思い出す時がある。今の僕は、科学的視点と情緒的視点で人を見ることができているだろうかと自問してしまう。そして、僕は多くのことばを与えてもらってきたが、果たして今の自分は誰かに寄り添い、その人の背中をほんの少し押すことができることばを与える看護師になっているのだろうか考える時がある。自分のことばを大事にしたいし、医療者のみなさんも大事にしてほしい。

ことばの持つ力

僕は慢性腎臓病という病気と生きてきた中で、本当にいろんな方の「ことば」に支えられて今があると思っている。幼少時代の小児科の先生や小学校の担任の先生、透析を始めた時に出会った男性看護師や、透析室の医師や看護師のことば、学生の時に出会った仲間のことば、移植病院での看護師のことばに、僕は希望や勇気をもらった。

しかし、その一方で、病気のことを知らない友人や先生、親戚、自己管理ができない時の医療者のことばには、傷ついたり、落ち込んだり、腹立たしい気持ちにもなった。

もちろん、ことばとは人を支えると同時に、このような負の側面も持ち合わせている。だけど、僕は信じたい。ことばの持つ力の大きさや偉大さを。

医療が進歩した現在においても、医療では治すことが難しい病気が増えている。一昔前は、無病息災を祈念して神社にお参りすることが多かった。しかし、近年は病気の程度、大小に関わらず、誰もが何らかの病気を持っている時代である。病気を持ちながらも、人は生きていかなければいけない。できることとできないことの中で、自分の気持ちと折り合いをつけながら自らの生きる術を身に付けて生きていく。そのひとつが、慢性腎臓病である。慢性腎臓病の経過は長いし、さまざまな制限があるため不自由なことが多いのは確かである。その長い経過の中で、病気を持ちながらもその人らしく生きていくには、当事者自身の力だけでは困難な場合が多すぎる。時には心が折れたり、絶望のどん底に落とされたような気持ちにもなるだろう。しかし、そんな時は周りの人のちょっとしたことばや、気にかけてくれることばが、患者自身が勇気を持ち希望を見つけるヒントになると思う。病気を持ちながら不自由さを感じながらも、〝悪くない毎日だな〟と感じながら生きていくことができると信じている。それは、あなたのことばかもしれない。臆せず、気負わず、患者さんに声をかけてほしい。あなたのことばには、あなたが思っている以上に、力があるのだから。

あとがき

私は今総合病院に勤務している。私は２０１２年に慢性腎臓病患者さんを対象とした「療法選択外来」を医師１名と一緒に立ち上げた。腎臓病によって、腎機能が低下し自分の腎臓だけでは元気に過ごすのが難しくなった場合、透析療法か腎移植という治療法の選択が患者さんには求められる。この療法選択外来とは、患者さんやご家族と医療者が対話しながら治療法を選択・決断できるように支援させて頂く外来である。当時は診療報酬が算定されておらず、事務局や看護局からは〝本当にそんな外来がいるのか〟となかなか理解を得られなかった。しかし、私はこういう外来が必要だと考え、何度も企画書を書いて提案し、承認を得て開始した。２０２２年には診療報酬の算定が認められ、現在医師３名と透析室専属の看護師５名の仲間たちと一緒に継続している。

先日、あるご高齢のご夫婦がこの外来を受診した。年頃は70歳台で、病気を持っているのはご主人であり、奥様が付き添いで来られていた。外来で話を聴いていると、奥様が減塩食やカリウムを控えた食事を長年続けておられ、共に制限食を頑張ってこられていた。病態と腎機能の推移から見ても、自己管理を厳密にされてきたんだということを窺い知ることができた。私はご夫婦が今まで腎臓を守るために、懸命に食事療法に取り組んできたことが想像できたため、

「今まで、ご夫婦でよく頑張ってこられましたね」

と伝えた。すると奥様が、

「もう必死でしたよ、この人が透析になったら大変でしょ。私も我慢したけど、主人にもずっと我慢してもらってきたんです」

と話された。医師から治療法の説明があり、私はそれぞれの治療法で今までの生活

がどのように変わるのかを説明した。すると、奥様から、

「この人、果物や新鮮なお野菜が昔から好きなんです。でも、腎臓が悪いって言われて、食べないできたんです。でも、果物や新鮮なお野菜が少しでも食べることができる方法がいいです。この人にはもう我慢させたくないし、私も食べちゃいけないって言いたくないから」

と医師と私に思いを話された。横にいた患者さんも、

「この歳やから、そんなに長生きはできないと思う。それなら、好きなことをしたい。そんなに我慢したくないし、家内と前みたいに飯を楽しみたいんや」

と話されたため、腹膜透析という治療法を選択した。腹膜透析は在宅療法になるため、当院では開始直後に退院後訪問を行い、在宅での様子を見させてもらっている。

自宅にお伺いすると、患者さんの表情が入院中よりもはるかに豊かになっていた。

「退院してから、果物を食べておられますか」

と患者さんに伺うと、

「この前、イチゴを食べたよ。久しぶりやったからうまかったなあ」

と満面の笑みで話された。その発言を聞いていた奥様は、

「久しぶりやったから、少し値が張るのを買ったの。甘くておいしかったけど、毎回あんな高いの買えないじゃない。だから、昨日は安めのものを買ったのよ。そしたら、甘くないっていうのよ。ホント、困ったもんです」

と、笑顔で話してくれた。その後、お二人はイチゴのことで痴話喧嘩が始まった。微笑ましい光景がそこにはあった。これが患者さんとご家族が望んだことだったのかもしれないと感じた。一通りの観察と処置も終え帰ろうとした時、奥様が後ろから私の肩を軽くたたきながら、

「あの時ね、透析しないといけないって言われた時。田中さんが、ここまでよく頑張ったねって言ってくれたでしょ。先生からも、少し好きなことをしたらどうですかって言ってくれて、すごくうれしかったのよ。家に帰ってから、恥ずかしいけど二人で泣いたんよ。あのことばで私もこの人も救われたの」

と、照れくさそうにしながら話してくれた。私は、自分が発したことばをよく覚えていた。あのことばは、自分が透析開始前にかけてほしかったことばであり、医療者

から両親に言ってほしかったことばであった。奥様のそのことばに目頭が熱くなった。

患者宅をあとにし、歩きながらふと空を見上げると、冬であったが青空が一面に広がっていた。その空を見ながら、15歳の時に出会ったあの男性看護師は、今の私を、あの空の上から見てくれているかもしれないと考えていた。〝あなたのことばのおかげで、今の僕がいます。少しは成長しましたか〟とことばをかけてみたい。おそらく、彼はタバコを吸いながら、「そんなこと知るか」と笑顔で言ってくれているかもしれないと一人で想像していた。


この場をお借りして今回、原稿をまとめるにあたりお世話になった、稲村みちるさん、そして幻冬舎ルネッサンス編集部の佐藤南実さんに厚く御礼を申し上げたい。

私はこれからも看護師として、多くの患者さんとそのご家族のことばに耳を傾け、自分のことばを届けていきたい。みなさんのことばには、力がある。自分のことばの力を信じて、多くの人にあなたのことばを届けてほしい。

2023年吉日

田中順也

〈著者紹介〉
田中順也（たなか じゅんや）
臨床現場で慢性疾患看護専門看護師として働いている。
2008 年、大阪府立大学大学院看護学研究科博士前期課程を修了し、市立堺病院（現：堺市立総合医療センター）に入職した。2010 年に日本看護協会が認定している上記資格を取得し、10 年間、病院内を組織横断的に活動し糖尿病や腎臓病の看護外来を立ち上げた。現在は、人工透析室に所属している。休日は、散歩、そして妻と協力して 1 週間分の料理を作ることを日課としている。

医療者《いりょうしゃ》のことばの持《も》つ力《ちから》

～あなたのことばは、病人《びょうにん》を患者《かんじゃ》にも“ひと”にもできる～

2023 年 9 月 14 日　第 1 刷発行

著　者　　田中順也
発行人　　久保田貴幸

発行元　　株式会社 幻冬舎メディアコンサルティング
〒151-0051　東京都渋谷区千駄ヶ谷4-9-7
電話　03-5411-6440（編集）

発売元　　株式会社 幻冬舎
〒151-0051　東京都渋谷区千駄ヶ谷4-9-7
電話　03-5411-6222（営業）

印刷・製本　中央精版印刷株式会社
装　丁　　杉本萌恵
イラスト　赤倉綾香（ソラクモ制作室）

検印廃止

Printed in Japan
ISBN 978-4-344-94440-4 C0095
幻冬舎メディアコンサルティングＨＰ
https://www.gentosha-mc.com/